法官和他的劊子手

弗里德里希·迪倫馬特
Friedrich Dürrenmatt — 著

趙崇任 — 譯

DER RICHTER UND SEIN HENKER

【導讀】

一場沒有贏家的正義之爭

〔本文涉及部分情節設定，請自行斟酌閱讀〕

淡江大學德國語文學系助理教授／鄭慧君

二十世紀中葉，瑞士作家弗里德里希．迪倫馬特剛邁入中年，就已憑藉他的戲劇作品《老婦還鄉》（一九五六）及《物理學家》（一九六二）成為名滿天下的劇作家與文學大師。他更早之前的小說《法官和他的劊子手》則成為他立足德語文壇的第一部成名巨作，也是他的第一部偵探小說。

一九五〇年底，迪倫馬特撰寫這部作品《法官和他的劊子手》的當下，正被一身債務壓得無法喘息。在此之前，他毅然放棄修習了多年的大學學位，迎娶演員妻子蓋斯勒（Lotti Geissler），立志走上專職作家一途。之後的幾年，他努力發表許多劇評與廣播劇劇本，並嘗試將自己的戲劇搬上蘇黎世劇院的舞台。儘管因他劇作中褻瀆宗教、亂倫的題材以及聳動的演出方式受到不少矚目，但並未帶來他預想中的名聲及財富。此時他的妻子正懷著第三個孩子住進醫院待產，他也因失控的血糖問題被送醫療養。

養家餬口的巨大開銷及住院費用讓他債台高築，迫使他以預先支付的方式向出版社爭取稿費以還債救急，且不得不選擇當時流行的偵探類型故事產出《法官和他的劊子手》，以章回小說形式在《瑞士觀察家》雜誌發表。沒想到這部作品大受歡迎，讀者反應超乎他想像地熱烈，因此激勵他催生出第二及第三部偵探小說。《嫌疑》（*Der Verdacht*, 1953）與《承諾》（*Das Versprechen*, 1958）的接連問世，讓他在瑞士以偵探小說家的身分奠定根基。往後的幾年，《法官和他的劊子手》（一九五二）也集結出版，改編成廣播劇、拍攝電視影集及電影。此時迪倫馬特的影響力已逐漸擴及至鄰近的德語系國家，尤以西德為最。

這部作品之所以大受歡迎，來自讓人留下深刻印象的故事主角——睿智老練的貝拉赫督察，以諷刺的文風、挑戰道德界線的對話引導出超乎讀者預期的劇情轉折，最後揭露出乎意料的故事結局。

迪倫馬特也利用許多配角，展現社會中各個階級團體的心態，例如滿口理論、屈從上級命令且膽小怕事的上司路茲；自視甚高、趨炎附勢且擁有國會議員、律師、上校這三重身分，身屬貴族階級的封·史文迪；

貝拉赫的下屬——自卑且嫉妒同事的警探強斯，以及不停自嘲的人性觀察家——無名作家等等。迪倫馬特透過小說中人物的對話，一一嘲諷了這類人的言行舉止，深刻地描繪出社會萬象。

故事以傳統偵探小說的佈局——推理緝兇、抽絲剝繭地探查一樁謀殺案展開序幕：一九四八年深秋，在瑞士鄉間小路上，有部停駛路邊的車子，被發現在駕駛座上有具屍體。死者生前任職於伯恩警局，是名前途無量的年輕警探。本書的主角貝拉赫督察，是偵辦刑事案件的高手，年屆六十，也是個貪好美食的胃癌患者。死者是他的職場下屬，在執行他指派的私人任務中身亡。死因疑點重重，但貝拉赫憑藉他多年的辦案經驗，在接手此案後幾天，就已找到關鍵證據與殺人動機，確認這樁謀殺案的真兇身分，然而他不動聲色的將犯罪嫌疑，導向另一名他追緝數十年的宿敵賈斯曼——一名交際手腕高明、在國內外政商界及文藝圈都深具影響力的國際商人。

故事主角貝拉赫深知真正的犯人為了掩飾罪行，想盡快結案，就會陷入他的計謀，一步步將殺人嫌疑轉嫁到賈斯曼身上。貝拉赫過去執法的數十年間，以超乎常人的頑強性格緊隨賈斯曼的犯案足跡收集罪證，並積極尋求各種司法途徑想將他繩之於法，但始終徒勞無功，無法將賈斯曼犯下包含隨機殺人的諸多犯行一一定罪。行將就木的他自知時日不多，決定借刀殺人：由他扮演法官的角色，讓深陷他計謀的殺人犯再度成為劊子手替他行兇。貝拉赫最終循私法完成了他的宿願，剷除了他心目中窮兇惡極的罪犯，實現了心中的正義，即便這個行動付出五條人命作為代價。

私法正義完全顛覆了法律正義原則：貝拉赫不但逾越辦案人員的底線，擅自扮演法官角色，恣意對人判罪用刑，更模糊了善與惡的界線，知法犯法，以惡行懲戒惡人。主角實現心願後毫無喜悅，反而強忍胃病狂食，彷彿想加速自己的死亡，因為他心知肚明：這場持續四十多年的爭鬥，最終並沒有贏家。

作家迪倫馬特以小說主角貝拉赫的角色設定，暗喻二戰前後的瑞士對於納粹政權暴行的政治立場：小說開始提到貝拉赫長年活躍於土耳其與德國的刑法機構，一九三三年曾在德國法蘭克福的刑事局擔任主管職，直到某天他賞了一名德國高層官員耳光，因而被迫返回家鄉伯恩。他的行為引發激烈的討論，「但伯恩的社會輿論隨著歐洲的政治氛圍慢慢地有了改變。從起初的憤怒轉為譴責，再轉為理解，最後成了身為瑞士人該有的唯一反應，但這已是一九四五年的事了」（括號文章引用自本書譯文）。一九三三年是德國納粹政權上台的關鍵年代，起初瑞士政府對於納粹迫害猶太人的反應也是憤怒譴責，但隨著二戰爆發，納粹大肆在歐洲擴張領土，瑞士政府在時局轉變下為求自保、遠離戰火，最後主張成為中立國，直至二戰結束的一九四五年之間，對於納粹的種種惡行視而不見，默認被合理化的暴行。小說中貝拉赫稱政府所在的首都伯恩為「黃金墳墓」，作家迪倫馬特藉由這段指桑罵槐的描述，來暗指他不齒當年國家的政治立場。

而小說中的另一名主角賈斯曼則是名虛無主義者，對他而言，善惡沒有區別，以至於道德也無從規範他的行為。不論決定行善或作惡，都依據他當下心情而隨機反應。所以他可以是一擲千金、救濟貧苦的大善人，也同時是泯滅天良、為達目的不擇手段的惡人。他和貝拉赫在四十多年前相識並打賭，他可以隨意犯罪而不被定罪，因而無故在君士坦丁堡一座橋上，在貝拉赫面前、眾目睽睽之下推人下水，隨機殺人。置人於死地的賈斯曼儘管是現行犯，但最終因證據不足，找不出任何理由解釋他的犯罪動機而被無罪釋放。這件事本身就是對公理正義的挑釁，身為執法人員的貝拉赫從此與他結下樑子，勢不兩立。

賈斯曼的行為和納粹政權有許多共同點：當年納粹德國利用強勢的軍事行動強行佔領及威嚇鄰國，將自身引發戰爭的目的合理化，以蹩腳的理由屠殺無辜的猶太人，迫使渴望太平生活的人們上戰場互相殘殺。納粹威權下的世界逐漸失去理性，人們不再判斷是非，不再以善惡的標準來衡量自身行為、不再有正義，不抗拒不合理的命令，更為了一己之利而從眾，成為惡行的追隨者。貝拉赫原本秉持著與賈斯曼相反的信念，希望以律法作為後盾來捍衛道德正義，但故事的結局不也證明了他對律法失去信心，才會尋求私法解決問題？而成功復仇後，他是否真的實現了正義？但他有資格為他人判刑嗎？以私法正義來解決問題的他是否也有罪？這部小說雖然已有結局，但作者迪倫馬特顯然留下了許多問題要讓讀者認真思考、自行回答。

同樣的議題——復仇、公平正義、私法正義及隨波逐流的從眾心態，在迪倫馬特後來的劇作《老婦還鄉》中發揮得淋漓盡致。無論小說或戲劇，在迪倫馬特百年誕辰之際再回頭審視這些主題，它們不但未隨著時空流轉而失去討論熱度，反而在資訊普及、全球化、多元價值觀的今日，仍然能在東西方的社會裡看到人性的相似性，因而更加發人省思。

Chapter 01

亞馮斯・克列寧是特萬的警察，一九四八年十一月三日的清晨，在連接蘭博因（泰森高地的一座村莊）的道路剛出了特萬溪峽谷森林之處，發現了一輛停靠在路邊的藍色賓士。由於時逢秋末，當時一如往常地起了濃霧，而克列寧本來已經從這輛車旁邊走過，卻又掉頭走回去。那輛車的玻璃模糊不清，只能依稀看見一個男人癱坐在駕駛座上。克列寧直覺地認為對方喝醉了，而這確實是一般情況下的合理推測。他不想以冰冷的執勤態度打擾這名陌生人，因此打算輕輕地喚醒他，再載他到特萬的「群熊」旅社喝碗濃湯與熱咖啡醒酒。畢竟法律規定不能酒後駕車，但沒有規定不能酒後在路邊休息。克列寧打開車門，輕輕地拍了拍男人的肩膀。這時他才意識到，對方已經死了，子彈貫穿了太陽穴。他這也才發現，汽車的右側車門是開啟的。不過車內血跡不多，男人身上的深灰色大衣似乎一點也沒有弄髒。克列寧從對方的大衣口袋中找到了一個黃色皮夾，確定死者是伯恩市警局的巡官烏利希．施密特。

由於克列寧是鄉下警察，從沒見過類似的慘案，因此不知道該如何是好，只能在路旁來回踱步。初升起的太陽探出了雲朵，而陽光穿過霧氣灑在屍體上，令他渾身不自在。他走回車旁，撿起男人腳邊的灰色毛氈帽，幫他戴了回去。看見壓低的帽簷蓋住了太陽穴的傷口，克列寧這才感到舒坦了些。

他再度走回對向車道，亦即往特萬的方向，並擦去額頭上的汗水。

他不久後下定決心，將屍體推至副駕駛座，小心翼翼地用一條在車內找到的皮繩固定住，接著坐上了駕駛座。

儘管引擎無法發動，但克列寧仍輕而易舉地將汽車往下坡方向滑到「群熊」旅社門口。他在那裡幫汽車加了油，且沒讓人發現，那名衣著得體卻動也不動的男人其實是具屍體。他不喜歡騷動，因此只要情況允許，會盡可能地保持低調。

在克列寧沿著湖泊前往比爾市的路上，霧越來越濃，幾乎看不見陽光。這個早晨變得昏暗有如末日。他卡在長長的車龍裡，被其他汽車前後包夾。塞車原因不明，前進速度甚至有越來越慢的跡象，即使有濃霧也不應如此。他忍不住想到，整條車龍看起來就像是一列送葬隊伍。男人一動也不動地坐在一旁，只有偶遇路面凸起時會頻頻頷首，像極了年邁的中國智者。由於克列寧盡量避免超車，因此抵達比爾時已延誤多時。

在比爾市對此案進行調查的同時，身兼伯恩市警局督察與死者上司的貝拉赫接獲了噩耗[1]。

貝拉赫長期旅居國外，在德國與君士坦丁堡以刑事犯罪專業聞名。他先前於法蘭克福刑事局擔任主管職，並於一九三三年返回家鄉。原因不是他熱愛常被他稱作「黃金墳墓」的伯恩市，而是他賞了一名德國新政府[2]的高層官員耳光。這起暴力事件當時在法蘭克福傳得沸沸揚揚，但伯恩的社會輿論隨著歐洲的政治氛圍慢慢地有了改變。起初認為此舉令人震怒，後來認為雖然應受譴責，但畢竟可以理解，最後甚至成了身為瑞士人該有的唯一反應，但這已是一九四五年的事了。

貝拉赫在施密特案中下的第一個指令是，調查初期對外全面保密，而他用上了他的全部威望才得以貫徹這個指令。「事證太少，而且報紙反正是這兩千年來最多餘的發明。」他表示。

儘管貝拉赫認為，保密有實質的重要性，但他的「老闆」盧休斯・路茲博士卻有不同的看法，此人在大學講授犯罪學。這位官員在伯恩的家族曾受到一位住在巴塞爾的富有伯父慷慨資助，他剛參訪過紐約與芝加哥警局，才回到伯恩不久，曾在一次搭電車返家的途中向警察局長弗萊貝格表示，自己對「瑞士首都石器時代水準的犯罪預防措施」感到震驚。

【本書註釋全為譯註】

1 小說中提及的地點涉及了瑞士的行政規劃，特萬與蘭博因均位於比爾市，而比爾市隸屬於伯恩州，州政府位於伯恩市。

2 這裡的「德國新政府」指的是一九三三年開始由希特勒領導的納粹政權，其隨著二戰結束於一九四五年瓦解。

同一天早上，貝拉赫在與比爾的同仁通過電話後，拜訪了住在班丁格路上的辛樂爾一家，那是施密特生前的住所。他一如往常地徒步走下老城區，再穿過尼德格橋。對他來說，伯恩這種規模的城市根本不需要「電車之類的東西」。

爬石階就比較吃力了，這使貝拉赫意識到，自己已經年過六十了。他不久後抵達了辛樂爾家，並按下了門鈴。

來應門的是矮矮胖胖、舉止優雅的辛樂爾女士。由於她認得貝拉赫，便立刻請他進到屋內。

「施密特昨夜必須出差遠行。」貝拉赫說：「因為是臨時的行程，他請我幫忙寄些東西過去。可以麻煩帶我去他的房間嗎，辛樂爾女士？」

女人點了點頭，帶他穿過走廊。牆上掛了一幅鑲了金框的巨型畫作，貝拉赫抬頭認出是〈死亡島〉。

「施密特先生要去哪裡？」這名矮胖的女士打開房門時問道。

「國外。」貝拉赫說，同時抬頭看了看天花板。

房間位於一樓，與室外平行。從庭院的門看出去有一個小公園，裡頭有棕色的冷杉老樹，但地上堆積了大量針葉，準是病了。在這屋子裡最別致的房間中，貝拉赫走向書桌，再朝四周看了看，發現睡榻上有一條施密特留下的領帶。

「施密特先生八成去了熱帶吧，貝拉赫先生？」辛樂爾女士好奇地問道。

「不是，」貝拉赫驚訝地答道，「他這次往高處走。」

辛樂爾女士瞪大了眼睛，雙手抱著頭說：「不會吧，他要去喜馬拉雅山？」

「差不多，」貝拉赫說，「答案很接近了。」他打開一個擺在桌上的文件夾，隨即用手臂夾著。

「您找到施密特先生需要的東西了嗎？」

「找到了。」

他又朝四周看了看，但目光避開了那條領帶。

「他是我遇過最好的房客，沒有複雜的感情生活。」辛樂爾女士保證地說。

貝拉赫朝門口離開時說道：「施密特先生可能還會需要其他的文件，所以我之後還會再來，或派同事過來。」

「我會收到施密特先生從國外寄來的明信片嗎？」辛樂爾女士問道，

「我的兒子在收集郵票。」

貝拉赫皺了眉頭，語帶惋惜地說：「不太可能，因為這類出差是禁止寫明信片的。」

辛樂爾女士再度手抱著頭，失望地說：「連這種事都要禁止！」

離開屋子後，貝拉赫感到鬆了一口氣。

Chapter 02

貝拉赫這天沒有選擇以往的「施密特餐館」，而是去了「劇院餐廳」。他邊沉思邊吃著午餐，同時仔細地翻看在施密特房間裡找到的文件夾。大約兩點鐘左右，他從國會大廈露台慢慢地散步回辦公室，並隨即接獲通知，施密特的遺體已經從比爾市送達。不過貝拉赫並不打算去見他下屬最後一面，因為他不喜歡遺體，寧願讓對方安息。就連路茲他也懶得見，但這就不是他所能決定的了。他看完文件夾後，將它小心翼翼地鎖進抽屜，接著點起一根雪茄，走向路茲的辦公室，明知道對方每次都會因為他斗膽在辦公室抽菸而生氣。路茲只在數年前表達過一次反感，但貝拉赫用一個輕蔑的手勢表示，自己在土耳其工作的十年間，經常在君士坦丁堡的上司辦公室裡抽菸。這句話由於無從考證而變得更有份量。

路茲博士緊張地接見貝拉赫，因為他認為目前案情一點進展也沒有，並請他到辦公桌旁的沙發坐下。

「比爾那裡還是沒有消息嗎？」貝拉赫問道。

「沒有。」路茲回答。

「奇怪了，」貝拉赫說，「那裡明明有一堆工作狂啊。」

貝拉赫坐下，朝牆上掛的幾幅特拉夫雷彩色鋼筆畫望了望。畫中的軍隊有時有將領，有時沒有將領，在一面飄動的旗幟下，若非從左方向右方前進，就是從右方向左方前進。

路茲開口說道：「看見本國的刑事偵查能力如此低落，每一次都令人更加憂心。雖然我已經習慣了這個州的許多不足之處，但這樣處理一名遇害警官的程序被視為理所當然，讓村莊警察的專業能力大受質疑，我現在都還覺得不寒而慄。」

「別擔心，路茲博士，」貝拉赫說，「我們鄉下警察的能力不會輸給芝加哥警察，絕對能抓到殺害施密特的兇手。」

「您有懷疑的人嗎，貝拉赫督察？」

貝拉赫看了路茲許久才說：「有，我的確有懷疑的人。」

「誰？」

「我還不能說。」

「這倒有趣了。」路茲說：「貝拉赫督察，我知道您一向樂於粉飾違反現代刑事犯罪科學觀點的失誤，但時代在進步，即使是最優秀的刑事犯罪專家也得跟上。我見過紐約與芝加哥的犯罪情形，那是您在我們這可愛的伯恩難以想像的。現在有一名巡官遭到殺害，意味著社會治安出現了破口，我們得盡快開始彌補。」

「確實如此。」貝拉赫說。

「那就好。」路茲咳了幾聲說道。

牆上的時鐘滴答地走著。

貝拉赫用左手輕輕地按著肚子，用右手將雪茄往路茲拿來的菸灰缸中按熄。他告訴路茲，自己的健康狀況這段時間以來不甚理想，至少醫生的表情凝重。因為有經常性胃痛的毛病，貝拉赫希望在施密特案中能有個副手負責主要的工作，自己則在辦公室裡進行研究分析。路茲同意地說道，「您有中意的人選嗎？」

「我覺得強斯不錯。」貝拉赫說：「雖然他現在放假，但可以把他召回來。」

路茲說：「我同意，他確實是犯罪偵查的人才。」

接著他背向貝拉赫，望著窗外的孤兒院廣場，看見不少孩子在那裡嬉戲。

他突然心血來潮，想跟貝拉赫就現代刑事犯罪科學的優勢爭論，但轉身發現對方已經離開了。

將近下午五點時，貝拉赫決定再去特萬的案發現場看看，並帶了身材魁梧的同仁布拉特同行。他沉默寡言，因此深得貝拉赫的心，而他也負責開車。在特萬等候兩人時，克列寧擔心會被斥責，因此愁著一張臉。沒想到，貝拉赫卻相當地親切，不僅握了他的手，還說很高興認識能夠自行思考的人。儘管克列寧不明白這名資深警官的意思，卻仍感到相當自豪。他帶著貝拉赫走上泰森高地的案發現場，布拉特慢吞吞地跟在後面，因為要步行而悶悶不樂。

蘭博因這個地名讓貝拉赫摸不著頭緒，因此克列寧解釋道：「德語稱作蘭林根啦。」[3]

「原來如此，」貝拉赫說，「這個名字比較好聽。」

抵達案發現場後，他們的右側車道通往特萬，而邊上立了一道牆。

「當時車停在哪裡？」

「這裡，」克列寧指向馬路說，「幾乎在馬路中央。」見貝拉赫只匆匆一瞥，他便接著說：「也許我應該將汽車與死者留在原地。」

「為什麼？」貝拉赫抬頭望向汝拉山脈的岩壁說：「死者應該要盡快

移走，他們沒有理由再留在我們之中，所以您把施密特帶回比爾是對的。」

貝拉赫走到路邊，往下望向特萬，看見與舊村落之間只隔了葡萄園。儘管太陽已經下山，但仍能看見崎嶇的道路像條蛇般蜿蜒在房屋之間，而火車站前停了一列長長的載貨火車。

「當天沒有人聽到任何動靜嗎？」他向克列寧問道，「小鎮就在附近，應該能聽見槍響才是。」

「除了響了一夜的引擎聲，沒有人聽到任何聲音，當然也沒想過會發生命案。」

3 瑞士分為四個語區（德語、法語、義大利語、羅曼什語），而小說場景儘管發生於德語區的伯恩州，但許多城市均位於德、法語區交接處，因此同一地點會有不同的德語與法語名稱，而這裡的蘭博因（Lamboing）與蘭林根（Lamlingen）就是一例。

「當然，誰想得到會發生這種事。」貝拉赫接著望向葡萄園說道，「今年的酒怎麼樣？」

「還不錯，」克列寧說，「我們待會可以嚐嚐。」

「這倒是真的，我現在很樂意喝杯新酒。」

貝拉赫的右腳踢到了一個堅硬的東西，因此他彎下腰，用瘦骨嶙峋的手指將它撿起。他端詳著那前端被壓扁的小型細長金屬物，克列寧與布拉特也好奇地探頭查看。

「這是一顆彈殼。」布拉特說。

「您是怎麼辦到的，貝拉赫督察！」克列寧讚嘆地說。

「這只是個巧合罷了。」貝拉赫說，接著一行人下山往特萬走去。

Chapter 03

貝拉赫顯然喝不慣特萬今年產的酒，因為隔天早上他說自己吐了一整個晚上。路茲在樓梯間遇見他，對他的健康狀況表示憂心，並建議他去給醫生做個檢查。

「好啦，好啦。」貝拉赫嘟囔著，表示比起刑事犯罪科學，他更討厭醫生。

回到自己的辦公室後，他感覺好些了，接著坐到辦公桌前，從抽屜取出施密特的文件夾。

在貝拉赫埋首研究文件時，強斯來向他報到，他在前一天就已經銷假回來了。

第一眼見到強斯時，貝拉赫嚇了一跳，還以為活見鬼了，因為他穿著與施密特相同的大衣，戴了相似的毛氈帽，只有長相不同。他的臉型圓潤，看起來相當地和善。

「很高興見到您，強斯，我們得就施密特案談談。」貝拉赫說：「我希望您能負責主要的工作，因為我的健康狀況不太好。」

「了解，沒問題。」

強斯拉了張椅子到貝拉赫身旁坐下，將左手臂擺在辦公桌上，一旁就是攤開的資料夾。

「我可以坦白地告訴您，」貝拉赫向後靠著椅背說，「我在君士坦丁堡與伯恩見過數以千計的警察，好的壞的都有。許多警察並沒有比我們關進各種監獄裡的可憐蟲好到哪裡去，只是他們湊巧站在法律的另一邊。可是施密特不一樣，他是我見過最優秀的警察，比您我都還聰明。他腦袋靈光，知道自己想要什麼，謹言慎行，只有必要時會開口。強斯，我們都該以他為榜樣，他遠勝過我們。」

原本面向窗外的強斯，這時將頭轉向貝拉赫說：「有可能。」

貝拉赫看得出來，他並不是完全地同意。

「我們目前對於他的死所知不多，」貝拉赫說，「只有這顆子彈。」他將那顆在特萬發現的彈殼擺在桌上，而強斯拿起來端詳了一會兒。

「這是一把軍用手槍發射的。」他說完後將子彈還了回去。

「我們首要知道的是，施密特為什麼要去特萬或蘭林根。」貝拉赫將桌上的文件夾合起來說：「他在比爾湖一帶並沒有勤務要執行。如果有，我一定會知道，所以他出現在那裡的原因不明。」

強斯心不在焉地聽著貝拉赫的話，之後蹺著腿說：「至少我們知道，他是如何被殺死的。」

「這話怎麼說？」貝拉赫愣了一下問道。

「施密特坐在左側的駕駛座，而您在左側的車道旁發現了彈殼；另外特萬的居民整夜都聽見引擎聲。施密特在從蘭博因下山開往特萬的途中被兇手攔下，因此可以推斷兩人熟識，否則他不會停車。施密特打開右側車門讓兇手上車，之後再坐回駕駛座，兇手就在這時朝他開槍。顯然，施密特不知道對方打算殺他。」

貝拉赫思考了一下說：「現在我得要抽根雪茄。」並在點燃雪茄之後補充道：「您說得沒錯，強斯，我相信施密特與兇手的互動大致上是這樣，但這沒有解釋施密特出現在特萬往蘭林根路上的原因。」

聽見強斯表示，施密特在大衣下還穿了晚禮服，貝拉赫驚訝地說：

「我怎麼不知道有這回事？」

「確實如此，難道您沒看到遺體嗎？」

「沒有，我不喜歡看遺體。」

「紀錄裡也有啊。」

「我更不喜歡看紀錄。」

強斯沒再說話。

貝拉赫接著說道：「這樣事情就更複雜了，施密特穿著晚禮服到特萬溪峽谷做什麼？」

強斯卻說這也許使事情更簡單，他認為蘭博因那一帶會舉辦正式晚宴的人應該不多。

他接著取出一小本行事曆，說是施密特的。

「我認得，」貝拉赫點頭說，「但裡頭沒有重要的資訊。」

強斯反駁道：「施密特在十一月二日星期三標記了一個G，依據法醫的推測，他就是在那天接近午夜時被殺害的。另一個G標記在十月二十六日星期三，還有一個在十月十八日星期二。」

「G能代表的可多了，」貝拉赫說，「例如女人的名字之類的。」

「不太可能是女人的名字。」強斯說：「施密特女友的名字是安娜，而施密特很忠誠。」

「這我也沒聽說。」貝拉赫承認，並在看見強斯驚訝的表情後補充道：「我只在乎兇手是誰。」

「當然，」強斯禮貌地說，笑著搖了搖頭說：「您真是個怪人，貝拉赫督察。」

貝拉赫認真地說：「我是隻又大又老的黑貓，愛吃老鼠。」

強斯不知道該如何回應，便繼續說道：「在所有標記了G的日子，施密特都換上燕尾服，開著他的賓士外出了。」

「您怎麼知道？」

「辛樂爾女士告訴我的。」

「原來如此，」貝拉赫說完就沉默不語，但他隨後表示：「是的，這是些事實。」

強斯小心翼翼地觀察著貝拉赫的表情，也點了一根香菸，遲疑地說：「聽路茲博士說，您有懷疑的人？」

「是的，沒錯。」

「既然我在施密特命案中擔任您的副手，讓我知道您懷疑的對象會不會比較好？」

「您知道，」貝拉赫緩緩地說，跟強斯一樣字斟句酌，「我的懷疑沒有刑事科學依據，無法加以說明。您也知道我所知不多，純粹是推測可能行兇的人罷了。可是此人還得要提供他行兇的證據。」

「您這話是什麼意思？」強斯追問。

「現在我只能耐心地等待，」貝拉赫笑了笑說，「直到證據浮上檯面，才能將他繩之以法。」

「但我不知道調查對象，要如何協助您？」強斯禮貌地問道。

「保持客觀就對了，無論是有懷疑對象的我，或是負責主要工作的您，都應該如此。畢竟我的懷疑是否正確，還是個未知數，還有賴您的調查。您儘管做好調查工作，不必顧慮我的懷疑對象。如果我的懷疑是正確的，您遲早會找到他，只是方式和我不同，甚至您更有科學根據。如果我的懷疑是錯誤的，您也會找到真正的兇手，而不被我誤導，所以我的懷疑對象是誰一點也不重要。」

他們沉默了一會兒，然後貝拉赫問道：「您同意我們的工作方式嗎？」

強斯猶豫地說：「好吧，我同意。」

「那您下一步打算怎麼做？」

強斯走向窗邊說：「在施密特的行事曆上，今天被標記了G，所以我想去蘭博因看看，能否有所斬獲。他每次前往泰森高地都是在七點出發，因此我打算在同一時間過去。」

他接著轉過頭，禮貌地問道：「要一起來嗎，督察？」

「好啊，我跟您去。」貝拉赫出其不意地答道。

「沒問題，」強斯雖感到有些訝異，仍接著說，「那就七點見。」

走出辦公室前，他又回頭說：「督察，您去拜訪辛樂爾女士時，沒有發現什麼嗎？」貝拉赫沒有立刻回答，只是將文件夾鎖進抽屜，並將鑰匙帶上。

「沒有，」他說，「我沒發現什麼，您可以離開了。」

Chapter

04

傍晚七點，強斯開車前往貝拉赫位於阿爾滕貝格區的住所，他從一九三三年開始就住在阿爾河旁的這棟房子裡了。外頭下著雨，這輛急馳的警車在尼德格橋旁的彎道打滑，但強斯隨即又穩住了車子。由於他不曾來這裡拜訪過貝拉赫，行駛在阿爾滕貝格路上就放慢車速，吃力地透過淋濕的擋風玻璃找到了正確的門牌號碼。然而，無論強斯怎麼按喇叭，屋內就是一點動靜也沒有。他冒雨下車快步跑向大門，在一片漆黑中卻遍尋不著門鈴，因此猶豫地壓下了門把。大門沒有上鎖，於是強斯走入玄關，看見眼前還有一扇半開的門，裡頭透出了光線。他輕輕地走向前，敲了敲門卻沒有反應，便將門完全打開。客廳牆上擺了許多書，而貝拉赫正躺在臥榻上。他手裡拿著一本書睡著了，身上卻穿著冬季大衣，似乎已經替這趟比爾湖之行做好準備。強斯聽著貝拉赫的鼻息聲感到有些尷尬，而眼前的一切，包含熟睡的老警督與一整堆的書，都讓他不知道該如何是好。他看了看四周，發現一扇窗也沒有，每道牆卻各有一扇門，似乎通往不同的房間。客廳中央擺了一張大書桌，當強斯低頭一看，被上面一條青銅大蛇嚇了一跳。

「那是我從君士坦丁堡帶回來的。」貝拉赫的聲音從臥榻傳來，他醒了。

「看吧，我已經穿了外套，我們可以走了。」

「對不起，」強斯驚魂未定地說，「您睡著了，沒有聽見我的喇叭，加上我找不到門鈴……」

「我不需要門鈴，所以沒有裝，而且我從不鎖門。」

「就算人不在家也不鎖？」

「沒錯，所以每次回家都很刺激，說不定會發現有東西被偷了。」

強斯笑了笑，拿起了那條貝拉赫從君士坦丁堡帶回來的蛇。

「我有一次差點被它給刺死。」貝拉赫語帶嘲諷地說。強斯這才發現，這隻蛇的頭部其實是握把，而身體是一把鋒利的刀。他驚訝地看著那奇特的紋飾在這件危險的武器上閃出光芒，貝拉赫站在他身旁。

「要像蛇一樣聰明，」他若有所思地打量強斯，然後笑了笑說，「像鴿子一樣溫順。」接著他輕輕地拍了拍強斯的肩膀補充道：「我已經好幾天沒睡得這麼熟了，都是那該死的胃痛害的。」

「情況這麼糟嗎？」強斯問道。

「確實這麼糟。」貝拉赫冷冷地回答。

「那您應該在家休息，外頭又濕又冷的。」強斯說。貝拉赫將頭轉向他，笑了笑答道：「說什麼傻話，我們是要去逮兇手的。您倒是寧可我留在家裡吧。」

當汽車駛過尼德格橋時，貝拉赫問道：「強斯，您為什麼不走阿爾高史塔登路往左里科芬？這樣不是比經過城裡快嗎？」

「我不喜歡左里科芬往比爾這段路，所以走凱爾澤斯往埃爾拉赫的方向。」

「這路線真是特殊。」

「督察，這一點也不特殊。」

兩人沉默了一會，沿途的路燈陸續劃過身旁。在經過伯利恆時，強斯開口問道：「施密特有開車載過您嗎？」

「經常，而且他開車相當地謹慎。」貝拉赫若有所思地望向儀表板，看見時速將近一百一十公里。

強斯稍微放慢了車速，他說道：「他開車載過我一次，慢得跟什麼一樣。我還記得，他幫車子取了個奇怪的名字，總會在需要加油時提到。我一時想不起來，您還記得那個名字嗎？」

「他叫它『藍卡戎』。」貝拉赫答道。

「『卡戎』是希臘神話故事裡的名字吧？」

「他是將往生者載往冥界的船夫。」

「施密特家境優渥，能去讀文理中學，那不是我們這種人負擔得起的。所以他知道『卡戎』，而我們不知道。」

貝拉赫將手插進大衣口袋，再次望了一眼時速表後說：「您說得沒錯，他受過良好的教育，懂得希臘文與拉丁文，因為讀過大學而有大好的前途。話說回來，我覺得您開超過一百公里太快了。」

在經過奇莫寧後，強斯在一座加油站旁猛然停車。一個男子走過來，準備替他們服務。

「我們是警察，」強斯說，「想要打聽一些事。」

男人朝車窗俯身，露出好奇而略受驚嚇的表情。

「有人兩天前來過這裡，還稱自己的車是『藍卡戎』嗎？」

見男人毫無頭緒地搖了搖頭，強斯說：「我們去下一間看看。」

他們之後在凱爾澤斯的加油站也毫無所獲。

「這樣做根本沒有意義。」貝拉赫在一旁說道。

然而，強斯在埃爾拉赫的加油站，還真問到了線索。對方告訴他，星期三晚上確實有這樣的人來過。

「看吧，」強斯在朗德龍轉進諾恩堡往比爾方向的道路時說，「我們現在知道，施密特星期三晚上走的是經過凱爾澤斯往恩斯的路段了。」

「您確定嗎？」貝拉赫問道。

「我給了您無懈可擊的證明。」

「對，這個證明是無懈可擊，可是這對您有什麼用處？」貝拉赫再問道。

「調查就是這樣，我們所知道的一切都有助於進展。」

「好吧，您說得沒錯。」貝拉赫說，同時望向比爾湖。這時雨已經停了，因此湖景在過了諾韋維爾後，逐漸從薄霧中透了出來。接著進入利格茲，強斯放慢車速，尋找通往蘭博因的岔路。

汽車開往山上的葡萄園時，貝拉赫打開窗戶，朝下方的湖面俯瞰。聖彼得島的上空掛著幾顆星星，倒映在湖水中，接著一輛快艇疾駛而過。以這個季節來說有點晚，貝拉赫心想。這時已經過了利格茲，再往前開就是特萬了。

過了一個彎後，他們朝林區駛去，在夜裡他們依稀感覺到森林在前方。強斯有點沒把握，認為這條路也許只到什內茲。之後看見一名男人從對向走來，他便停下車問道：「這條路有到蘭博因嗎？」

「繼續直走，看到一排白色房子後，右轉進林區。」身穿皮衣的男人說，之後朝他的小狗吹了口哨。那隻小狗的頭是黑的，身體卻是白的，在車燈前跳來跳去。

「過來！兵兵！」

他們駛出葡萄園後，很快地便進入了林區。冷杉從兩旁呼嘯而過，而車燈所及之處淨是樹木。車道不僅狹窄，路面也凹凸不平，甚至偶爾還會有樹枝擊中擋風玻璃。他們的右側是一個陡坡，因此強斯開得很慢，慢到能夠聽見深谷中的流水聲。

「那是特萬溪峽谷，」強斯說，「再過去就是通往特萬的路了。」

左側的巨岩向上攀升，並在夜裡反射著白光。除此之外一片漆黑，因為這天恰逢新月。道路逐漸趨緩，這時河水聲從一旁傳來。他們左轉後過了一座橋，看見前方有一條路，是從特萬通往蘭博因的。強斯將車子停了下來。

他關掉大燈，因此伸手不見五指。

「然後呢？」貝拉赫問道。

「只能等了，現在是七點四十分。」

Chapter
05

到了八點，卻什麼也沒發生，貝拉赫便向強斯問道，下一步打算怎麼做。

「督察，我沒有什麼確切的打算。我才剛加入調查不久，而您儘管有懷疑的對象，卻也仍在黑暗中摸索。我今天把一切都押在一個可能性上，亦即今晚在施密特週三所去的地方會有一場晚宴，也許會有一些人開車前往。因為這類要穿燕尾服赴約的晚宴，規模一定不小。雖然一切都只是推測，但求證也是我們工作的一部分，不是嗎？」

對於施密特在泰森高地的逗留，比爾、諾韋斯塔[4]、特萬與蘭博因警方的調查都毫無所獲，因此貝拉赫對這位屬下的想法表示懷疑。強斯說殺害施密特的兇手不是泛泛之輩，想必勝過比爾與諾韋斯塔警方。

貝拉赫低聲嘀咕，問他怎麼知道？

「我還沒有懷疑的人，但我尊敬這個兇手，」強斯說，「如果可以用『尊敬』這個詞的話。」

「而您要去逮捕這個您所尊敬的人？」貝拉赫無動於衷地聳了聳肩說。

「我這麼希望。」

兩人沉默了一會，靜靜地坐著。不久後，一盞刺眼的車燈從特萬方向的林區照了出來。一輛轎車從他們的身旁經過，朝蘭博因方向消失在夜色中。

強斯發動了引擎。接著又來了兩輛深色的大轎車，裡頭坐滿了人。強斯開車跟了上去。

出了林區後，他們經過一間餐廳，其內部燈光透過敞開的大門照亮了招牌。接著又經過一排農舍，最後那一輛汽車的尾燈在他們前方閃亮。

接著他們抵達了泰森高地上的遼闊平原，看見整片夜空乾淨無瑕。除了下降的織女星與上升的御夫座，金牛座與木星也同樣在天空閃耀。

道路朝北方蜿蜒，施皮茨貝格山和沙瑟拉勒山的山稜在他們眼前是一條深色的線。山腳下閃著稀疏的亮點，是蘭博因、迪斯與諾德斯這幾

4 亦即先前以法語提及的諾韋維爾（La Neuveville），這裡的諾韋斯塔（Neuenstadt）為德語名稱。

座村莊。

前方的轎車左轉進了一條鄉間小路，但強斯停了下來。他搖下車窗，探出頭查看，依稀看見不遠處有一棟房屋。房屋四周都種了白楊樹，大門亮著燈，而那些轎車就停在大門前。隨著喧譁聲從遠處傳來，人群也開始往屋內移動。恢復安靜後，門口的燈也熄了。「大概人都到了。」強斯說。

貝拉赫下車後吸了一口夜晚的冷空氣，感覺相當地舒坦。他看著強斯將車向右停靠，有一半車身都在草地上，因為通往蘭博因的路非常狹窄。強斯下車走向貝拉赫，接著兩人朝通往那棟房屋的鄉間小路走去。土壤有些濕軟，甚至有些地方是一攤爛泥，看來不久前曾下過雨。

終於抵達一道矮牆後，他們發現大門深鎖著，不得其門而入。大門的生鏽鐵條高出矮牆，他們的目光越過矮牆望向那棟屋子。荒涼的庭院裡，那些大轎車像大型動物靜臥在白楊樹之間。這裡看不見一盞燈光，一切都給人荒涼的印象。

他們在黑暗中依稀看見鐵門上掛了一塊牌子，且因某處鬆脫而歪歪斜斜的。強斯拿出從車裡帶來的手電筒一照，發現上頭寫了一個大大的G。手電筒關掉後又是一片黑暗。「看吧，我的推測是對的。」強斯說，「我隨便一射，卻正中靶心。」他臉上滿是驕傲。

「給我一支雪茄吧，督察，這是我應得的。」

貝拉赫遞給他一支。「現在我們還得弄清楚，G到底代表什麼。」

「這還不簡單，就是『賈斯曼』的第一個字母啊。」

「怎麼說？」

「我看了電話簿，G開頭的名稱在蘭博因只有兩個。」

「那怎麼不會是另一個？」貝拉赫吃驚地笑了一聲說。

「不可能，另一個G不是人的名字，是憲兵隊。還是您認為，施密特案與憲兵隊有關？」

「沒有什麼是不可能的。」貝拉赫答道，而強斯劃了一根火柴。強風吹得整排白楊樹搖來晃去，因此他費了大把勁才把雪茄點燃。

Chapter 06

貝拉赫不明白，為什麼蘭博因、迪斯與利涅爾的警方沒有對這位賈斯曼起疑心。明明他的房子就坐落在一片開闊的土地上，從蘭博因遠眺就能看見，而這種聚會不僅不低調，甚至無法低調，尤其還是在汝拉山區這種山村裡。強斯說，他也不明白是怎麼回事。

兩人於是決定，分頭繞著房子查看，一人負責一邊。

看著強斯消失在黑暗之中，貝拉赫也獨自朝右側離開。他感到非常地寒冷，便翻起大衣的領子，但不久後又感覺到胃部不適，而劇烈的疼痛使他開始額頭冒汗。他沿著圍牆走，並順勢右轉，但四周仍舊是一片漆黑。

貝拉赫在一處靠著牆停了下來，看見蘭博因的林區外圍有燈光，便繼續往前走。圍牆不久後改變了方向，朝西側延伸。他看見房屋的後牆透出了光線，是從房子二樓的一排窗戶照出來的。除此之外還有鋼琴聲，他細聽後認出是巴哈的樂曲。

貝拉赫繼續走，預計之後會碰見強斯。他費力地查看被燈光照亮的環境，沒注意到有一隻動物站在他面前。等他發現時，距離只剩下數步之遙。

儘管貝拉赫稱得上是動物專家，但他從沒遇過體型如此龐大的動物。他無法辨識牠身上的細節，只看見投射在地上的巨大身影，使這隻野獸顯得更加恐怖。貝拉赫不敢輕舉妄動，只是看著那隻野獸緩緩地轉過頭來瞪著自己，而那兩顆眼珠就像是會發光的孔洞。
與野獸的不期而遇讓貝拉赫不知道該如何是好，儘管他沒有驚慌失措，卻也忘了必須採取行動。他看著這隻野獸，沒有感到恐懼，只是著迷，一如邪惡總是令他著迷，一再引誘他去解開這個巨大的謎。

巨型犬突然跳了起來，一個巨大的黑影朝他撲過來，一個脫韁的怪物，充滿力量和殺氣，乃至於他被這隻莫名發狂的猛獸撲倒在地。他勉強來得及用左手臂護住自己的喉嚨，不僅沒有大叫，甚至沒有發出一點聲音，他覺得這一切是這樣自然，符合這個世間的法則。

在那隻猛獸張口咬下貝拉赫護著喉嚨的手臂前，他聽見了一聲槍響，並感受到胸前一陣抽動。那隻巨型犬死了，血液順著他的手臂流了下來。

牠全身癱軟地躺在貝拉赫身上，而他伸手摸了摸那滑順且被汗水沾濕的毛皮。他用顫抖的雙腿吃力地站起身來，並用雜草擦手。強斯走過來，在走近時將手槍收回大衣口袋中。

他看著貝拉赫被撕咬的左袖問道：「您沒事吧，督察？」

「好得很，那隻怪物咬不穿我。」

強斯彎下腰，將那隻巨型犬的頭轉向燈光，看見牠已兩眼發直。

「那牙齒利得跟什麼一樣，」他搖了搖頭說，「一不小心就會被牠撕成兩半。」

「您真是救了我一命。」貝拉赫說。

「您不隨身攜帶武器嗎？」強斯問道。

「很少。」貝拉赫用腳輕碰地上的屍體說。

巨型犬躺在光禿禿的髒地上，他們俯視著牠。一大片黑漬在他們腳邊擴散開來：那是牠的血，如同岩漿般從咽喉不斷地湧出。

他們抬頭後發現，不僅音樂停了，窗戶也打開了，許多穿著晚禮服的人探頭出來查看。貝拉赫與強斯互看了一眼，為了自己彷彿站在法庭上而感到尷尬。還是在汝拉山區這鳥不生蛋的鄉下地方，在兔子和狐狸互道晚安的地方，貝拉赫惱火地想著。

五扇窗戶的中央有一名男人獨自站著，用獨特且清晰的嗓音大聲問道，他們在那裡做什麼。

「我們是警察。」貝拉赫冷靜地答道，並說想和賈斯曼先生談談。

男人說他不敢相信，有人竟然為了要見賈斯曼先生，而殺了一隻狗。

接著他說，自己正有興致和機會聆聽巴哈的音樂，便不疾不徐地將窗戶關上。一如他先前說那番話也並不帶怒氣，而是滿不在乎。

從其他扇窗戶則陸續傳來嘈雜的人聲：「真是太誇張了！」、「局長先生，您怎麼說？」、「荒謬至極！」、「這些警察真是不像話！」接著他們離開窗邊，窗戶被一扇扇地關上，安靜下來。

在別無選擇的情況下，貝拉赫與強斯只能打道回府。然而，庭院前的大門入口處有個人獨自等著他們。那個人激動地來回踱步。

「快打開手電筒！」貝拉赫低聲向強斯說道。在手電筒的強光照射下，他們看見了一張肥胖的圓臉。這張臉雖然並非不起眼，但有點單調，底下是一身優雅的晚禮服，手上還有一枚大戒指。貝拉赫再度低聲要強斯將手電筒關掉。

「見鬼了，你們是誰？」胖男人吼道。

「我是貝拉赫警督，請問您是賈斯曼先生嗎？」

「我是封．史文迪上校，也是國會議員，你們憑什麼在這裡亂開槍？」

「報告議員，我們在調查一起案件，想和賈斯曼先生談談。」貝拉赫從容不迫地說。

「該不會跟分離主義分子有關吧？」男人頗為光火地問道。

貝拉赫決定用另一個頭銜來稱呼對方，小心翼翼地表示，上校先生誤會了，自己並不是為了「汝拉問題」[5]而來。

5 「汝拉問題」涉及了瑞士汝拉地區的歸屬問題，其北部與南部分屬汝拉州與伯恩州，中間火著山脈與高原等天然地理屏障。由於汝拉地區說法語，其南部與說德語的伯恩州顯得格格不入，但南部與北部之間又有諸如宗教的內部差異，因此對此議題的聲音相當多元。由於汝拉地區長久以來沒能取得內部共識，故歸屬問題至今懸而未決。

可是在貝拉赫繼續說明之前，這位上校變得比剛才被稱為國會議員時更加憤怒。他一口咬定，這件事與共產黨有關，並強調，自己身為一名上校，不容許有人亂開槍打擾音樂演奏，亦不容許任何反西方文明的示威行為，否則瑞士軍隊就會出面維護秩序。

由於這位國會議員顯然弄不清楚狀況，貝拉赫不得不點醒他。

「強斯，議員剛才說的話，不必寫進報告裡。」他語氣平順地命令道。

這番話讓國會議員頓時清醒過來。

「什麼報告？」

貝拉赫表示，自己是伯恩刑事局的警督，正在調查施密特巡官的謀殺案，必須記錄與不同人的談話內容。他思考了一下對方的頭銜後補充，議員先生因為沒搞清楚狀況，因此談話內容不必記錄。

上校明顯地吃了一驚。

「原來你們是警察啊，」他說，「那情況就不同了。」

他希望貝拉赫與強斯能夠見諒，因為自己中午參加了土耳其大使館的餐會，下午又被推選為「瑞士英雄之家」的上校聯合會主席，接著還在「赫爾維蒂社團」的定期聚會裡喝了一杯「榮譽酒」。除此之外，上午還開了一場所屬政黨的特殊會議，現在又來參加賈斯曼舉辦的鋼琴名家演奏會，整個人快要虛脫了。

貝拉赫再次問道，有沒有機會能和賈斯曼先生談談。

「你們到底想和他談什麼啊？」封．史文迪說：「他和施密特巡官的死有什麼關係？」

「施密特上週三去他家作客後，在回特萬的路上被殺害了。」

「這下糟了。」封・史文迪說：「賈斯曼就是不過濾賓客，才會發生這種事。」

接著他沉默了一會，好像在思考些什麼。

「我是賈斯曼先生的律師，」他接著說，「你們為什麼偏偏選在今天晚上來？你們至少可以先打通電話吧。」

貝拉赫說，他們也是不久前才發現，賈斯曼與案件有關聯。

封・史文迪看上去對這個回答不太滿意。

「那為什麼要殺了那隻狗？」

「牠攻擊我，因此強斯別無選擇。」

「好吧，」封・史文迪不失友善地說，「但賈斯曼先生現在實在沒辦法見你們，畢竟警察也該照規矩來。我等一下會去和他談談，明天再去向你們說明。你們手邊有施密特的相片嗎？」

貝拉赫從皮夾取出一張照片給他。

「謝謝。」封．史文迪說。

他之後點了點頭，走進房屋。

貝拉赫與強斯再度站在生鏽的鐵門前，而房子裡看上去一切如故。

「面對國會議員實在無可奈何，」貝拉赫說，「尤其他還同時身兼上校與律師，集三個魔鬼於一身。線索現在就在這裡，我們卻被綁住了手腳。」

強斯沉默地思考著，之後開口說道：「督察，現在才九點，我認為可以去找蘭博因警方打聽一下賈斯曼這個人。」

「有道理，」貝拉赫說，「您可以去打聽看看，順便弄清楚，為什麼在蘭博因沒有人知道施密特曾造訪過賈斯曼的宅邸。我實在得去剛才峽谷口那間餐廳填飽肚子了，就在那等您的消息吧。」

兩人從田間小路走回車上後，強斯沒幾分鐘便抵達了蘭博因。

他在一間餐館找到了蘭博因的警察，此人與特萬的警察克列寧坐在同一桌，避開了那些農民，因為他們顯然在商量事情。蘭博因的警察叫做尚・皮耶・夏內爾，矮矮胖胖的，有著一頭紅髮。

強斯與他們坐到一塊，迅速化解了他們對於這位伯恩警察同僚的不信任，但夏內爾對於自己不能說法語，要改說德語感到不太高興，畢竟他對這門語言不太在行。一夥人喝了白酒，而強斯還吃了麵包與起司，但他沒有提起他剛去過賈斯曼的宅邸，而是問他們是否還是沒有任何線索。

「沒有，」夏內爾夾雜著法語說，「關於兇手的線索什麼也沒有。」

他接著說，這一帶唯一可疑的人就是賈斯曼，他買下了「羅里爾斯別墅」，裡頭總是人聲鼎沸。那裡星期三才剛舉辦過一場大型派對，但施密特並沒有去。賈斯曼什麼都不知道，甚至連這個名字都沒聽過。「施密特沒去那裡，不可能，」夏內爾夾雜著法語說，「絕對不可能。」

強斯聽完他德法夾雜的話語後表示，應該還是要詢問一下當天有到場的賓客才是。

克列寧插嘴說他問過了，有一位作家住在利格茲的什內茲村，他跟賈斯曼很熟，且常去他家，正好星期三也在聚會上。不過他也不認識施密特，甚至連他的名字都沒聽過，而且他不認為有任何警察曾經去過賈斯曼那裡。

「一位作家？」強斯皺著眉說：「我得好好研究一下這個人，畢竟作家總是很可疑，但是我應付得了這類高知識分子。」

「夏內爾，賈斯曼到底是什麼樣的人？」他接著問道。

「他是一名富豪，」這位蘭博因的警察再度夾雜著法語興致高昂地說，「家財萬貫，而且非常高尚。」他指了指不遠處的服務生說：「他給了我的未婚妻很多小費，但我不認為他別有所圖，不可能。」

「他的職業到底是什麼？」

「哲學家。」

「夏內爾，您認為哲學家是什麼？」

「就是一個只會思考，不會行動的人。」

「這樣怎麼賺錢？」

夏內爾搖了搖頭說：「他已經夠有錢了，根本不需要賺錢。重要的是，整個蘭博因的稅都是他繳的，他是這個州的大善人，對我們來說這就夠了。」

「無論如何，我們都得徹底調查一下這個人。」強斯堅決地說：「明天早上我就去拜訪他。」

「您要當心他的狗，」夏內爾說，「那隻狗很危險。」

強斯起身時拍了拍他的肩膀說：「放心，我處理得了牠。」

Chapter

07

約莫十點左右，強斯向克列寧與夏內爾道別，接著開車到峽谷口那家餐館與貝拉赫碰面。他抵達通往賈斯曼豪宅的鄉間小路時，在岔路處停了下來，下車緩緩地朝庭院大門走去，並沿著圍牆看了看。整棟房屋依舊安靜且一片漆黑，而四周的白楊樹被風吹得彎下了腰。轎車依舊停在庭院裡，但強斯這次不打算再繞著房屋看一圈，而是走到一個角落，看著亮著燈的豪宅後方。泛黃的玻璃不時會出現人影，而強斯為了不被發現，只能緊貼著圍牆。他望了望荒蕪的四周，發現那隻巨型犬的屍體已經消失了，應該是被人給帶走了。儘管透過微弱的光線依舊能看見地上的血漬，但強斯沒多加理會，便走回車上。

抵達峽谷附近的餐廳後，強斯遍尋不著貝拉赫。老闆娘告訴他，貝拉赫只待了不到五分鐘，半小時前喝了一杯酒後，便徒步前往特萬。

強斯邊開車邊思考，貝拉赫到底在打什麼算盤，但思緒一直被打斷，因為道路實在太狹窄，使他不得不專心。他開過曾經逗留的橋樑，接著進入下方的林區。

這時發生了一件詭異的事，使他陷入深思。他開得很快，忽然看見湖面在下方閃爍，接著便看見巨岩反射在湖面上的夜光。他想必抵達了犯罪現場。突然，一個黑色的人影從巨岩後走了出來，比了個手勢要他停車。

強斯不自覺地停了車，打開右側車門，卻馬上後悔了。他意識到，這根本就是施密特在嚥下最後一口氣前的遭遇。他將手伸向大衣口袋裡的手槍，冷冰冰的槍身令他心安。在人影走近後，他認出那是貝拉赫，但緊張感卻絲毫沒有退卻。他由於暗自震驚而臉色發白，卻無法向自己解釋他為何感到恐懼。貝拉赫彎下腰，用冰冷的眼神看著他，一句話也沒說，使短短幾秒鐘像是過了幾個小時。在他坐上副駕駛座後，強斯才慢慢將手離開口袋裡的武器。

「你繼續往前開吧。」貝拉赫語氣平淡地說。

強斯吃了一驚，因為他不再用「您」尊稱他，而是用「你」，但貝拉赫從此就都用「你」來稱呼他。

直到經過比爾，貝拉赫才開口問強斯，在蘭博因有沒有打聽到什麼。

「我們終究還是得用法語來稱呼這個小地方了。」他說。

強斯沒有說，夏內爾與克列寧不認為施密特有拜訪過賈斯曼。至於那名住在什內茲的作家，他說會去找對方談談。

由於打破了僵持的氣氛，強斯感到鬆了一口氣，並用比平常更激昂的語氣掩蓋先前的不安。直到快到許普芬，他們才恢復沉默。

十一點多抵達貝拉赫位於阿爾滕貝格區的住所後，貝拉赫緩緩地下了車。

「謝謝你，強斯，」貝拉赫握著他的手道別，「說起來實在不好意思，但你真的救了我一命。」

貝拉赫之後站在原地，看著強斯快速駛離的車尾燈自顧自地說：

「現在他能愛怎麼開，就怎麼開了。」

他走進那間從不上鎖的屋子，踏入堆滿書的客廳，將武器從口袋中取出。他將那把又大又重的手槍小心翼翼地擺回桌上的蛇形刀旁邊。

接著他緩緩地脫下大衣，露出左手臂上纏繞的繃帶。那是在訓練狗時，用以防止撲抓的保護措施。

Chapter 08

貝拉赫隔天早上依據過去的經驗，預期會發生一些不愉快，他這樣稱呼他和路茲的摩擦。「你曉得星期六是什麼情況，」他走過阿爾滕貝格橋時在心裡想著，「那些公務員就只是由於良心不安而張牙舞爪，因為他們一整個星期都沒幹什麼正事。」貝拉赫穿了一身黑，前往參加施密特十點鐘開始的葬禮。無法推辭這個活動其實才是令他生氣的原因。

封．史文迪剛過八點鐘就到了，但沒去和貝拉赫打照面，而是先向路茲攀談，強斯剛向路茲報告過前一晚發生的事。

封．史文迪和路茲屬於同一個政黨，亦即獨立且保守的自由社會主義黨。由於他們皆積極地參與活動，並常於中常會後一起吃飯，因此皆以「你」相稱。不過路茲並沒有選上議員，因為一如封．史文迪所說的，憑他的名字是盧休斯[6]就不用想了。

「真的是很過分，」封．史文迪還沒將他肥胖的身軀擠進門便開口喊道，「我說路茲兄，你們伯恩警察局到底是幹什麼吃的，竟然敢射殺我當事人賈斯曼先生的狗，知不知道那是稀有的南美洲品種？更不要說還干擾了文化活動，名鋼琴家阿納托．克勞沙－拉法葉的演奏會。這些瑞士人沒有修養、沒有世界觀，還敢稱自己是歐洲人？我看只有送他們去軍校受三年訓練，才知道要把皮繃緊一點。」

路茲一見到他的政黨同志，便感到一陣尷尬，生怕他滔滔不絕地說個不停，因此趕緊找了位子請他坐下。

「我們捲入了一樁極其困難的調查，」路茲怯怯地說，「儘管那位年輕的承辦員警在瑞士算是相當地優秀，同行的老警督卻是鏽鐵一塊，這我承認。我很遺憾，那隻罕見的南美洲巨型犬就這樣死了。我不只愛狗，自己也有養狗，因此要求徹查此事。看看人家在芝加哥是怎麼做事的，這裡的人對於犯罪偵查根本毫無概念，實在是無藥可救。」

他停頓了一會兒，看見封．史文迪沉默地死盯著他，語氣轉為不確定地說，必須弄清楚，遭到殺害的施密特到底是不是如同警方的假定，在星期三拜訪了封．史文迪的當事人賈斯曼先生。「我說路茲啊，我們就別裝腔作勢了。」封．史文迪說：「這件事你們警方根本就一清二楚；我對自家弟兄可了解了。」

6 盧休斯（Lucius）是法文名，暗示不可能在屬於德語區的伯恩州獲得選民青睞。

「議員先生，您這話是什麼意思？」路茲一頭霧水地問道，並下意識地用「您」尊稱對方。他其實一直認為，用「你」與封·史文迪互稱不太對。封·史文迪靠著椅背，將手握在胸前，齜牙咧嘴，擺出一副上校暨國會議員的姿態。

「我實在很想知道，」他說，「你們為什麼派施密特去打探我老實的朋友賈斯曼。汝拉山區那邊發生的事，根本不關警察的事，我們現在可不吃蓋世太保那一套。」

路茲大吃一驚。「我們根本不認識你的當事人，為什麼要派施密特去打探他？」他無奈地問，「而且一樁謀殺案怎麼會不關我們的事？」

「要是你們不知道，施密特曾用慕尼黑大學美國文化史講師的身分，以『普朗特博士』的化名參加過賈斯曼先生在蘭博因自宅所舉辦的活動，就是欠缺辦案能力，可以辭職回家了。」封．史文迪激動地說，同時還右手握拳，敲著路茲的辦公桌。

「奧斯卡，這件事我們真的不知道。」路茲說，並在總算想起對方的名字後，鬆了一口氣說道：「現在才第一次聽說。」

「哼。」封．史文迪冷笑了一聲，沒再說話，而路茲意識到自己逐漸位居劣勢。他對於對方的步步進逼幾乎無法招架，只能一再地退讓。他無助地望著牆上特拉夫雷的畫，看著行進的士兵、飄動的瑞士國旗、騎馬的將軍。封．史文迪看見路茲尷尬的表情，覺得自己獲勝了，就再補了一句，把剛才那聲「哼」的意思說清楚一點：

「原來警方現在才知道這個新訊息；也就是說警方又是什麼都不知道。」

儘管封．史文迪猖狂的態度令路茲難以忍受，但他必須承認，施密特確實不是因公拜訪賈斯曼，而警方對於他多次前往蘭博因這件事也確實毫不知情，那完全是一個私人行程。現在最重要的問題是，施密特為什麼要用假名？

封．史文迪向前傾身，用布滿血絲的眼睛看著路茲說：「答案還不夠清楚嗎？他是去幫外敵蒐集情資的。」

「什麼意思？」路茲愣愣地問道。

「意思是，」封．史文迪說，「警方必須立刻展開調查，釐清施密特去拜訪賈斯曼真正的原因。」

「奧斯卡兄，警方該先摸清賈斯曼的底細才是。」路茲反駁道。

「賈斯曼對警方來說一點也不危險，」封．史文迪說，「而且我也不希望，你們或其他的警察去打擾他。既然我的當事人不願見你們，我的職責就是確保他的意願受到尊重。」

這個傲慢無禮的回答令路茲難以招架，起初他根本無法回應。他給自己點了一根香菸，慌亂中忘了也給對方一根，然後才在椅子上挪了挪身子說道：

「奧斯卡兄，施密特拜訪過賈斯曼是事實，所以很抱歉，我們仍須對你的當事人進行調查。」

封．史文迪冷冷地說：「那你們得先過我這關，因為我是他的律師。」他說，「路茲，遇到我你應該感到開心才是，因為我不僅願意幫賈斯曼，也願意幫你們。這整件事對我的當事人來說當然有點尷尬，但這件事對你來說更難堪，因為你們的調查現在一點眉目也沒有。何況我也不認為你們能查出什麼。」

「數據會說話，」路茲說，「我們警察幾乎沒有破不了的謀殺案。雖然施密特案疑點重重，但是我們畢竟也——」他停頓了一下，「有了可觀的成果。是我們自己查到了賈斯曼，而我們也是你今天代表他過來的原因。賈斯曼必須就施密特案進行說明，因此現在問題在於他，而不是我們。施密特曾用化名出現在他家，而這件事實就使我們有義務調查賈斯曼，因為被害人不尋常的行為首先就不利於他。我們必須審問賈斯曼，只在一個條件下可以讓步，就是你能代替他清楚地說明，施密特多次使用化名造訪的原因。」

「很好，我們直話直說。」封・史文迪說，「路茲兄，你們到時候就會知道，要提出說明的不是我的當事人，而是你們。你們必須向我們解釋，施密特去蘭博因做什麼。你們才是被告，不是我們。」

說這番話的同時，他拿出了一大張白紙，攤開在路茲的辦公桌上。

「名單上都是和賈斯曼有往來的人，這是全部了。」他說，「我把這些人分成三類，第一類可以不用看，沒什麼意思，都是一些藝術家。當然，我無意對阿納托．克勞沙—拉法葉不敬，他是外國人。我指的是那些來自於烏岑斯托夫與梅利根的瑞士藝術家，他們若不是寫關於莫加頓戰役與尼可拉斯．曼努爾的戲劇，就是專注於風景畫。第二類是工商界人士，有一堆大人物，幾乎都在瑞士社會的金字塔頂端。我很坦率地這麼說，雖然我外婆那邊也不過是務農人家。」

封．史文迪話說到這裡故意停下來，因此路茲緊張地問道：「那第三類呢？」

「第三類，」他繼續說道，「會讓施密特案棘手許多，無論對你們或對其他工商界人士而言都是。我要告訴你們的事情，原本是不能讓警方知道的，但既然施密特在蘭博因的行蹤已經曝光，而賈斯曼也成為了警方調查的對象，那些企業家便授權給我，在萬不得已的情況下，向你們說明事情的原委。至於不樂見此事的原因，對我們而言，是必須披露許多重要的政治內幕。對你們而言，則是警方對瑞士境內本國人與外國人所具有的管轄權，都不適用於這些人。」

「我聽得一頭霧水，你到底想說什麼？」路茲問道。

「路茲兄，你實在是政治門外漢。」封．史文迪說，「第三類涉及了某國駐瑞士的外交人員。麻煩的地方在於，他們不想被提及和某個層級的工商界人士有接觸。」

Chapter

09

辦公室裡一片寂靜，路茲終於明白封・史文迪的意思了。電話突然響了起來，路茲吼了一聲「在開會」後，便掛掉電話。他之後打破沉默說道：

「就我所知，政府應該正在和該國進行貿易談判。」

「確實如此，」封・史文迪說，「正式的協商正在進行，畢竟外交人員也想要有點事可做。但是非正式的協商更多，而檯面下的協商就在蘭博因私下進行。畢竟在現代工業裡有政府無權干涉的商業談判。」

「確實如此。」路茲說。

「沒錯。」封．史文迪補充道，「現在麻煩的是，遭到謀殺的伯恩市警局巡官烏利希．施密特以化名參加了這些秘密談判。」

如封．史文迪所料，接著又是一片沉默。路茲手足無措，只能任由對方宰割。施密特命案出人意料的發展使路茲心煩意亂，大多數生性單純的人都會這樣，乃至於他任由自己被人左右，做出了無疑會影響客觀調查的讓步。

儘管如此，路茲仍舊試圖淡化複雜的程度。

「奧斯卡兄，」他說，「我不認為事情有這麼嚴重。瑞士的企業家當然有權和有興趣協商的人私下協商，哪怕是和該政權。這一點我不否認，警方也不會干涉。不過我再說一次，拜訪賈斯曼先生是施密特的私人行程，而我也願意為此道歉，因為他使用假名與假身分參加活動的行為並不合適，雖然身為警察有時難免會有些顧忌。然而，他並非單獨參加這些聚會，當時還有其他藝術家在場。」

「路茲，那不過是在做樣子罷了。我們是一個文明國家，形象很重要。由於談判必須低調進行，因此席間充斥著藝術家是再好不過了。狂歡、烤肉、美酒、雪茄、美女、談天……即使那些藝術家感到無趣，卻仍聚集在一起喝酒，絲毫沒有察覺企業家和外國代表們的談話。他們沒有察覺，因為他們不感興趣。藝術家只對藝術有興趣，但警察就不是同一回事了。施密特在一旁目睹了一切，因此他的死相當地可疑。」

「我還是只能說，施密特拜訪賈斯曼的確切原因，目前並不清楚。」路茲說。

「如果他沒有警方的任務在身，可能另有其他任務。」封．史文迪說，「路茲兄，對於在蘭博因進行的事，有一些境外勢力非常地關心，這就是國際政治。」

「施密特不是間諜。」

「就目前的情況來看，這並非完全不可能。考慮到國家的尊嚴，他是間諜還比是警局特務好一些。」

「不過他已經死了。」路茲嘆了口氣說。若能親自和施密特談談，他會不惜一切代價。

「這就是你們的問題了。」封．史文迪說，「我不想懷疑誰，但是會想要對在蘭博因進行的協商保密的就只有某個外國政權。講白了，我們重視的是錢，他們在乎的是政黨政治。若真要朝這個方向偵辦，對警方來說恐怕不太容易。」

路茲起身走向窗邊，緩緩地說：「就我看來，重要的還是先釐清賈斯曼所扮演的角色。」

封．史文迪用白紙搧著風說：「他只是將自己的房子提供給企業家與外國代表們當作談判的場所。」

「為什麼偏偏是他？」

封．史文迪嘟囔道，因為賈斯曼正好具備所需的條件。他曾任阿根廷駐中國大使多年，深受某大國的信賴，過去還是某錫業集團的行政總裁。除此之外，他正好住在蘭博因。

「你的意思是？」

封．史文迪諷刺地問道：「你在施密特遇害之前是不是從來沒有聽過蘭博因這個地方？」

「確實沒有。」

「原因正是如此。」他說，「我們要找一個隱密的地點，而蘭博因就是這樣的一個地方。所以你們可以放過賈斯曼了，他不喜歡和警察扯上關係，更不喜歡被盤查、質問，以及沒完沒了的審訊。如果是一般老百姓犯錯，你們或許可以這麼做，但不能用同樣的方式對待賈斯曼，他甚至婉拒過入選法蘭西學院。話又說回來，你們伯恩警察局的辦案方式有夠粗糙，竟然在巴哈音樂會進行的過程中射殺了一隻狗。不過賈斯曼先生並沒有將這件事放在心上，畢竟就算你們朝他的房子開槍，他連眉頭都不會皺一下。只是，再去煩他也沒有意義，因為這起謀殺案的幕後主使者顯然與他和其他瑞士企業家沒有關係。」

路茲在窗前來回踱步說：「我們會將重點擺在施密特的死因調查，」

他補充道，「至於涉外事件，我們會向聯邦檢察長呈報。現在還說不準，他會如何看待這件事，但主要的調查工作一定還是會由我們負責。我可以答應你，會對賈斯曼的調查從寬進行，當然也不會去搜索他家。如果我們還是得和他當面談談，我會請你幫我跟他約個時間。到時候也要麻煩你在場，以確保一切能夠順利進行。這並不是針對他，而是刑事調查的必要程序。即使約談他毫無意義，但是調查工作必須完整。我們可以談他有興趣的藝術，或一些無傷大雅的話題，以避免冒犯到任何人。我會盡量不提問，至於規定需要他回答的問題，我可以事先告知你。」

封．史文迪起身拍了拍路茲的肩膀，「就這麼說定了。」他說，「我相信你的話，不會去打擾他。文件夾我就留給你了，裡頭的名單很完整。我打了整晚的電話，驚擾了許多人。不知道那些外國代表在聽說施密特案後，是否還願意繼續進行協商。這關乎好幾百萬啊，兄弟，好幾百萬啊！我只能祝你調查順利了，畢竟你現在最需要的就是好運。」

他邊說邊走出了辦公室。

Chapter 10

路茲利用時間仔細看了名單，發現上頭列出了許多大人物，因此大吃一驚。他心想，自己或許捲入了一場麻煩。之後貝拉赫走進他的辦公室，一如往常地沒有敲門。他來索取公文，以便去蘭博因拜訪賈斯曼。不過路茲認為，先去參加葬禮要緊，這件事下午再處理就行了。他說完便起身，準備離開。

貝拉赫沒有多說些什麼，只是跟著他走出辦公室。然而，路茲卻不斷地在腦中想到，自己答應封．史文迪不去打擾賈斯曼，以及貝拉赫可能產生的不滿。他們穿著黑色大衣走在街上，一句話也沒說。儘管正在下雨，但距離汽車只有幾步路，因此兩人都沒撐傘。開車的是布拉特，現在打在擋風玻璃上的雨水，已像瀑布般不斷地傾洩而下，而貝拉赫與路茲動也不動地坐在後座。路茲心想，自己或許該主動開啟話題。他轉頭望向貝拉赫，看見他一如往常地用手按著胃部。

「還胃痛嗎？」路茲問道。

「從沒好過。」貝拉赫說。

接著又是一片沉默，因此路茲心想，下午再說吧。布拉特開得很慢，因為雨勢很大，且視線非常模糊，所有的電車與汽車都在眼前糊成了一團。由於無法看清窗外的景象，甚至車內的光線也越來越昏暗，路茲已經不知道自己在哪裡了。接著他點了一根菸，呼了一口氣想到，或許沒必要和貝拉赫談論關於賈斯曼的事。

「謀殺案很快就會見報了，這件事瞞不久的。」他說。

「隱瞞也不再有意義，」貝拉赫說，「我們已經有新線索了。」

路茲將菸熄滅說：「隱瞞從一開始就沒有意義。」

貝拉赫沒有接話，但路茲寧願他激動地反駁。由於雨勢趨緩，路茲從窗外的景象得知汽車已經駛進了林蔭道，而許洛茲哈登公墓被淋濕的灰色圍牆從冒著水氣的樹幹之間露了出來。布拉特將車開進墓園後，他們下車撐開了傘，穿過一排排墳墓，很快地便找到了正確的方向。看見遠方的墓碑和十字架，他們踩入了一塊像是工地的區域。地上到處都是剛挖好的墳坑，上頭還蓋了木板。地上泥濘不堪，使草地的濕氣滲入了靴子。在空地中央新挖好的墳墓之間，雨水積成了數個骯髒的水坑，而簡陋的木製十字架與墳頭間，還堆滿了很快便腐爛的花束與花圈。一座墳墓被許多人包圍著，但棺材還沒放下去。在牧師讀經的同時，一旁的掘墓人為他高高地撐了一把傘。他穿了一身滑稽的燕尾服式工裝，兩隻腳凍得抖個不停。貝拉赫與路茲走到這個墳墓旁停了下來，聽見有人在哭泣。是辛樂爾女士，她在雨中哭得不成人形，而在她身旁的是強斯。他沒有撐傘，只是高高地豎起了雨衣的領子，任由腰帶自然地垂下。除此之外，他還戴了一頂硬挺的黑色圓盤帽。一旁臉色蒼白的女孩則沒戴帽子，因此一頭金髮濕成了條狀。那應該就是安娜了，貝拉赫不自覺地想到。看見強斯向他們鞠躬，路茲點頭回應，貝拉赫卻面無表情。他望了望四周的人們，發現全是警察，只是都穿了便服。他們穿著相同的雨衣，戴著同樣的硬挺黑色圓盤帽，且將雨傘像佩劍般握在手裡。怪異的守靈人，不知從何處被吹來，在一本正經中顯得不真實。在他們後方是排列成隊的市立樂團，穿著紅黑相間的制服，顯然是被匆忙找來的。他們努力地用大衣保護自己銅黃色的樂器，一群人就圍在棺材旁。木製的棺材靜靜地躺在地上，上頭沒有花圈，也沒有鮮花，卻是這場滂沱大雨中，唯一免受雨水侵襲的存在。牧師早已讀完經文，卻沒人注意到。能引起注意的，只有下個不停的雨聲。牧師因此乾咳了一聲，接著又咳了好幾聲，才讓低音號、長號、法國號、短號與低音管開始演奏，音樂莊重而肅穆。樂器在雨中閃著金光，但隨著雨越下越大，樂手終於放棄演奏。所有人或躲在傘下，或縮在大衣裡。持續下著的大雨使鞋子陷入了泥濘，而雨水匯成的小河流入了空蕩蕩的墓穴。路茲朝棺材鞠了躬，接著往前走幾步，望著被雨淋濕的棺材，又再鞠躬一次。

「各位，」他在雨中用微弱的聲音說，「各位，我們的同仁施密特已經不在了。」

他的話被淒厲的合唱打斷：

「惡魔出沒，

惡魔出沒，

將人類全都擊落。」

兩名穿著燕尾服的男人穿過墓地蹣跚地走來，沒有撐傘，也沒穿大衣。他們淋著雨，使衣服濕貼在身上，而雨水從頭上的大禮帽流向臉頰。他們扛著一個巨大的綠色月桂花圈，任由下方的長緞帶在地上拖著。這兩個高大粗魯的巨人活像是穿禮服的屠夫，而且還喝得醉醺醺的。儘管爛醉如泥，但他們沒有被同時絆倒，依舊牢牢地抓著花圈。花圈像海上的船隻般顛簸著，接著兩個巨人開始口齒不清地唱歌：

「磨坊女主人的先生死了，

但磨坊女主人還活著，她還活著，

磨坊女主人嫁給了男僕，

但磨坊女主人還活著，她還活著。」

他們衝向正在哀悼的人群，從辛樂爾女士和強斯中間穿過去。沒有人阻止他們，因為大家都一頭霧水，不知道發生了什麼事。兩個巨人接著踩上潮濕的草皮，跌跌撞撞地越過墳丘跑走了，途中還撞翻了十字架。

他們的歌聲逐漸消逝，只剩下先前的雨聲。

「一切都過去了，

一切都結束了。」

所有人聽著他們唱的最後兩句歌詞，看著擺在棺材上的花圈。骯髒的緞帶上用黑字寫了：「謹獻給我們敬愛的普朗特博士。」一在眾人從驚嚇中回過神後，無不為這場鬧劇感到氣憤。市立樂團為了挽救那份莊嚴，又重新開始演奏，雨勢卻變得更大，成了一場暴雨，鞭打著紫杉，眾人紛紛逃離，只有掘墓人留下，像黑色的稻草人在狂風暴雨中堅持著，好不容易才將棺材放入墓穴。

Chapter 11

貝拉赫和路茲回到車上後，布拉特載著他們穿過四散的員警與樂手們，之後駛入林蔭道。路茲終於忍不住發火了：

「這個賈斯曼，豈有此理！」他吼道。

「到底是怎麼回事？」貝拉赫問。

「普朗特就是施密特用以拜訪他的化名。」

「所以他是在警告我們了。」貝拉赫說，沒有繼續追問。前往路茲居住的莫里斯塔頓路上，路茲心想，現在是和貝拉赫談論賈斯曼的理想時機，告訴他不能去打擾賈斯曼，但路茲選擇繼續沉默。他在布根契爾下車後，車裡只剩下貝拉赫一人。

「警督，要載您到市區嗎？」開車的布拉特問道。

「不用了，載我回家吧。」他說。

由於雨勢趨緩，布拉特加快了速度。甚至在莫里斯塔頓，瞬間還有一道耀眼的陽光照在貝拉赫身上。陽光穿過了雲層，又迅速消失，被霧氣與烏雲追趕著。彷彿有怪物從西方襲來，在山前朝城市投下大片陰影，城市坐落在河邊，像一具沒有意志的軀體，伸展在丘陵與森林之間。貝拉赫疲倦地摸了摸濕透的大衣，瞇著眼沉浸於眼前的景色：這個世界是美麗的。他在抵達後向布拉特道謝，便開門下車。這時雨已經停了，但濕冷的風依舊強勁。他在原地看著布拉特將笨重的汽車迴轉，並在離開前又道謝了一次。之後他走向阿爾河，看見褐色的河水水位很高。一輛破舊的嬰兒車在河面上漂浮，還有樹枝、一棵小冷杉，接著漂來了一小艘紙船。他很喜歡阿爾河，因此凝視了一陣子才穿過花園回家。

貝拉赫換了鞋才走進客廳，但在跨過門檻的那一刻愣住了。他的書桌前坐了一個男人，一邊翻閱著施密特的文件夾，一邊把玩著他從土耳其帶回來的蛇形刀。

「原來是你。」他說。

「沒錯，是我。」男人說。

貝拉赫關上門後，坐到面對書桌的一把靠背椅上，沉默地看著對方繼續翻看施密特的文件夾。留著短髮的男人有著農夫般強壯的體格，平靜而內斂，一對深邃的眼睛嵌在骨頭突出的圓臉上。「你現在改名叫賈斯曼啊？」貝拉赫開口問道。

男人拿出菸斗，放入菸草，沒有正眼看貝拉赫。點了火後，他用食指敲著施密特的文件夾說：

「這事你早就知道了。那個年輕人是你派來盯我的，這些資料是你提供的。」

接著他合上文件夾，而貝拉赫看著書桌。手槍還擺在那裡，槍柄朝向他，伸手可得。貝拉赫答道：

「我從沒打算要放過你，總有一天會證明你的犯罪事實。」

「那你可要動作快一點了，」男人說，「你已經沒有時間了。醫生告訴過你，如果選擇動手術，你還有一年的時間。」

「你說得沒錯，」貝拉赫說，「還有一年的時間，但我現在不能動手術，我必須把握最後的機會。」

「的確是最後的機會了。」男人說，之後兩人沉默地對坐著。

「已經是四十年前的事了，」男人開口說道，「我們第一次見到彼此，是在博斯普魯斯海峽旁的一間破爛猶太酒館。我記得很清楚，當時的月亮就像是一塊醜陋的黃色瑞士起司，穿過腐爛的樑木照在我們頭上。你當時是年輕的警方專家，受邀從瑞士到土耳其協助改革，而我自始至終都愛探險與流浪，渴望體驗稍縱即逝的人生，與探索這個神秘的地球。我們面對面坐著，被穿長袍的猶太人和骯髒的希臘人夾在中間，第一眼就被彼此吸引了。我們暢飲著燒酒，那濃烈的酒精飲料是用不知哪種椰棗和奧德薩附近的穀物釀成的。幾杯黃湯下肚令我們興致高昂，使我們的眼睛像火球在土耳其的夜裡閃閃發光。可是我們的交談漸漸激動起來，天啊，真懷念那個時候，那決定了我們之後的人生走向。」

男人笑著說。

貝拉赫沉默地坐著，面無表情地看著他。

「你還有一年可活，」男人接著說，「而你對我窮追不捨已經四十年了，還不夠嗎？貝拉赫，你還記得當年在托芬納郊區的那間酒館裡，我們在那充滿土耳其香菸濃霧的潮濕空間中討論什麼嗎？你說人類是不完美的，我們不可能精準地預測他人的行為，更不可能預測巧合，而這正是多數犯罪案件能被偵破的原因。你認為，犯罪之所以愚蠢，是因為人無法像棋子那樣被操控，但我並不這麼看。主要是想跟你唱反調，而不是對自己的論點深信不疑。我說正因為人際關係錯綜複雜，才有可能犯下不被識破的罪行。也因如此，多數犯罪行為總是在暗地裡進行，不僅未受制裁，甚至沒有被發現。我們喝了幾杯酒後情緒激動，就這樣不斷地爭論著，還因為血氣方剛而打了賭。當時的月亮正在沒入小亞細亞，而我們打了一個褻瀆神明的賭，像是開了一個低劣的玩笑。我們被打賭誘惑，就像是被魔鬼引誘。」

「的確，」貝拉赫說，「我們當時打了賭。」

「你沒想到我會當真吧？」男人笑著說，「隔天早上，我們在空蕩蕩的酒吧裡醒來，你躺在發霉的長椅上，我倒在灑了酒的桌子底下，頭痛得要命。」

「我完全沒想到，有人會把這種打賭當真。」貝拉赫說。

兩人沉默地對坐著。

「『不叫我們遇見試探』。」男人接著說：「你的正直無庸置疑，只是讓我興起了挑戰的念頭。於是我發起了挑戰，要在你眼前犯罪，又讓你無法舉證。」

「三天後，」貝拉赫小聲地回憶道，「當我們和一名德國商人走過馬哈木德橋時，你在我眼前將他推入河中。」

「那可憐的傢伙不會游泳，而你的游泳技術也不夠好，試圖救他卻沒能成功，自己也差點溺死，被人從金角灣污濁的海水裡拖上岸來。」男人無情地說：「這起謀殺案就發生在土耳其的夏日豔陽下，舒服的海風陣陣吹來，橋上人來人往。大庭廣眾下，有許多從歐洲來度假的情侶，還有一堆回教徒和當地的乞丐，但你就是無法舉證。儘管你逮捕了我，卻徒勞無功。審問了那麼久，也沒半點用處。法官最後採信了我的說詞，認為他跳河自盡。」

「你拿出了證據，證明他破產在即，想透過詐騙還債卻沒能成功。」

貝拉赫臉色蒼白地說。

「老兄，受害者可是我細心挑選過的。」

「你就這樣成了一名罪犯。」貝拉赫說。

男人怔怔出神地把玩著蛇形刀。

「好像是這樣沒錯。」他漫不經心地說：「我的犯罪手段越來越高明，而你的破案能力也越來越進步，但我永遠早一步走在你前面，所以你永遠追不上我。我不時像幽靈般出現在你的職業生涯中，興致盎然地在你眼前犯下愈來愈大膽、愈來愈瘋狂、愈來愈褻瀆神明的罪行，而你始終無法證明我犯的罪。你能夠勝過那些笨蛋，但我卻勝過了你。」

「於是我們就這樣活著。」男人饒富趣味地看著貝拉赫說：「你活在上司底下，活在警察局和有霉味的辦公室裡，老老實實地一步步往上爬，取得小小的成就。你的對手是竊賊、仿冒犯，是從來沒有好好生活過的可憐蟲，頂多是些可悲的殺人兇手。我跟你不一樣，有時隱身在都市叢林裡，有時暴露在成功事業的鎂光燈下，戴滿勳章，興致來時做做善事，出於另一種興致也愛幹些壞事，你說刺不刺激？你的目標是毀了我的人生，而我的目標是繼續堅持下去。你看，那天晚上將我們的人生牢牢地綁在一起了。」

男人坐在書桌後，冷冷地拍著手說，「現在我們的職業生涯也差不多走到盡頭了。」他補充道，「你半是失敗地回到了伯恩這座昏昏欲睡的老實城市。沒有人知道，這裡有多少活人，多少死人。我則回到了蘭博因，這也只是一時興起：人都喜歡追求圓滿，因為一個早已死去的女人在這個被上帝遺忘的鄉村生下了我，沒有多想什麼，也沒有任何的意義，因此我十三歲時，在一個下雨的夜晚離開了這裡。現在我們又在這裡碰面。罷手吧，老兄，這沒有意義，死神是不等人的。」

接著男人以迅雷不及掩耳的速度，將蛇形刀射向貝拉赫。刀子掠過他的臉頰，插入了靠背椅。貝拉赫一動也不動。那人笑了：

「你認為施密特是我殺的嗎？」

「我還在調查。」貝拉赫說。

男人站了起來，拿著文件夾。

「這我帶走了。」

「我總有一天會將你定罪，」貝拉赫說，「現在是最後的機會了。」

「施密特在蘭博因幫你蒐集來的少少證據，全部都在這個文件夾裡面。沒有這個文件夾，你就沒有證據。我懂你，知道你沒有保存影本的習慣。」

「確實，」貝拉赫說，「我沒有這個習慣。」

「你不舉起手槍阻止我嗎？」男人嘲諷地問道。

「我知道你已經清空彈匣了。」貝拉赫冷冷地說。

「沒錯。」男人拍了拍他的肩膀說，並朝門外走去，接著聽見兩扇門開啟又關上的聲音。貝拉赫仍然坐在靠背椅上，臉頰貼著冰涼的刀刃，。但他突然拿起槍來察看，看見竟然是上膛的，便跳起來追了出去。他穿過玄關並打開門，手裡握著武器。

然而，街上空無一人。

貝拉赫突然感覺到一股難受的、強烈的刺痛，像一個太陽在他體內升起，他痛得全身發熱趴在地上，手腳並用爬回屋內，躺在客廳一處的地毯上。他躺在椅子之間，一身冷汗。「人是什麼？」他輕聲呻吟，「人究竟是什麼？」

Chapter 12

可是他又站起來了。胃疾發作過後他覺得好多了，很久以來第一次感覺無痛。他喝了幾小口熱紅酒後，沒再吃其他東西。但他沒有放棄循著習慣的路線，穿過市區與國會大廈露台。儘管精神不濟，但新鮮的空氣令他感到舒服許多。路茲與他在辦公室碰面時，沒有察覺任何異樣，或許是因為良心不安的緣故，他決定下午要和貝拉赫談談自己和封・史文迪的約定，絕不拖到晚上。因此他參考牆上特拉夫雷的畫，模仿那將軍挺起胸膛，擺出嚴肅的樣子，用簡練明快的話語告知貝拉赫。沒想到，貝拉赫卻意外地表示同意。他認為，最好先等聯邦議會做出決定，並且把調查著重在施密特的生活上。這令路茲非常驚訝，從而放低了姿態，變得和藹可親而且健談起來。

「我當然也調查過賈斯曼，」他說，「所以才認為，他不可能會是兇手。」

「我明白。」貝拉赫說。

路茲中午收到從比爾傳來的消息，因此自信地說：「他出生在薩克森州的波考市，父親從事皮製品買賣，一家人之後移民到南美洲。他在卸任阿根廷駐中國大使後，移民到法國，大多數時間都在做長途旅行。他獲頒法國榮譽軍團勳章，名氣來自於出版過的生物學相關書籍，而且人品清高，甚至還婉拒過入選法蘭西學院，實在令我敬佩。」

「挺有趣的。」貝拉赫說。

「他的兩名男僕我們還要調查一下。雖然他們持有法國護照，但似乎都是埃文達人。他們在葬禮上的惡作劇，就是賈斯曼指使的。」

「看來賈斯曼挺愛惡作劇的。」貝拉赫說。

「他對狗死掉的事很不滿。重要的是，施密特案對我們來說很惱人。先前的調查方向完全錯了，不過幸好我和封・史文迪是朋友。賈斯曼是一個享譽盛名的世界級人物，深受瑞士的企業家們信賴。」

「那他應該沒有嫌疑了。」貝拉赫說。

「他的品性毋庸置疑。」

「肯定是。」貝拉赫點頭道。

「遺憾的是，我們不能再說施密特的品性無庸置疑了。」路茲說，同時撥電話到聯邦議會。

電話還沒接通，準備離開的貝拉赫開口說道，「路茲博士，我想跟您請一個星期的病假。」

「沒問題，您星期一就好好在家休息吧。」路茲用手摀住話筒說，因為電話已經接通。

在貝拉赫辦公室裡等待的強斯，看見他時站了起來。儘管強斯努力保持冷靜，但貝拉赫依舊看得出來，他相當地緊張。

「要去賈斯曼那裡嗎？」強斯問道，「現在刻不容緩。」

「我們去拜訪那名作家。」貝拉赫說，同時穿上大衣。

「又要繞路了。」強斯下樓時，在貝拉赫後方嘟囔著。

「那輛藍色賓士不是施密特的車嗎？」貝拉赫走到門口時問道。

強斯說，他分期付款將那輛車買了下來，畢竟這輛車總得要有個車主。

他上車後，貝拉赫也坐上了副駕駛座，車子經過火車站前廣場朝伯利恆開去。

「你又要走經過恩斯那條路。」貝拉赫說。

「我喜歡開這條路。」

貝拉赫看著被雨水洗淨的田野，一切都浸浴在明亮而平靜的光線裡。儘管已近黃昏，但溫暖的太陽依舊沒有完全下山。他們多數時間都沉默著，只有一次在凱爾澤斯還不到明切米爾，強斯問道：

「辛樂爾女士跟我說，您從施密特的房間拿走了一個文件夾。」

「那是私人物品，與案件無關。」

強斯沒有多說什麼，也不再接話。貝拉赫指了指儀表板，上頭顯示時速一百二十五公里。

「強斯，不要開這麼快。我不是怕，是胃不舒服，畢竟我有年紀了。」

Chapter 13

作家在他的工作室接待貝拉赫和強斯，那是一個低矮的老舊空間，因此他們得像奴才般低著頭進門。屋外那隻白色的黑頭小狗依舊吠著，樓裡不知什麼地方也有孩子在哭鬧。作家坐在哥德風的窗戶前，穿了一身工作服，外頭套了一件棕色的皮夾克。他在貝拉赫和強斯進門時，將椅子轉向他們，沒有離開那堆滿紙張的書桌。他甚至沒有起身，只是敷衍地打了招呼，想知道警察為什麼會找上門。貝拉赫心想，對方如此無禮，應該是不喜歡警察，畢竟作家都不喜歡警察。因此他決定謹慎行事，而強斯的態度也相當低調。他們不約而同地想到，自己一不小心便會被寫進書裡。之後他們照作家的意思，坐到柔軟的靠背椅上。這才發現，對面的小窗戶有耀眼的陽光照進來，因此在藏書豐富的綠色房間裡，根本看不清楚作家的臉。他們被逆光擺了一道，這招實在狡猾。

「我們是因為施密特案來的，」貝拉赫說，「他在特萬遭人謀殺了。」

「我知道，就是那個在調查賈斯曼的普朗特博士。」窗前逆光的人影說：「賈斯曼和我說過了。」作家點了一支香菸，使臉上瞬間閃過了火光。貝拉赫與強斯看見他露出了狡猾的表情說，「我需要提出不在場證明嗎？」

「不用。」貝拉赫說。

「我不是嫌疑人啊？」作家失望地說。

「不是，」貝拉赫答道，「我們並不懷疑您。」

作家嘆了口氣說：「果然在瑞士，人們認為作家幹不了大事。」

貝拉赫笑了一聲說：「若您在意的是這個，我們已經有您的不在場證明了。事發當晚十二點半，您在蘭林根與什內茲之間遇見了守林人。由於路線相同，你們便一起走路回家，對方說您非常風趣。」

「我知道，警方已經向那名守林人問起過我兩次了。甚至還問過包含我岳母在內的其他人，可見我確實有嫌疑。」作家用驕傲的語氣說，「這也算得上作家的一種成就！」貝拉赫心想，這作家真愛慕虛榮，希望所有人都能注意到他。在他們皆無話可說的時候，強斯嘗試想看清楚作家的臉，但逆光使他徒勞無功。

「還有什麼我能效勞的嗎？」作家不耐煩地問道。

「您和賈斯曼經常往來嗎？」

「這是在審問我嗎？」逆著光的身影稍微向前傾說，「我可沒時間在這裡耗。」

「請您別這麼不講情面，」貝拉赫說，「我們只是隨便聊聊。」見作家嘟囔了幾聲，他又問了一次：「您和賈斯曼經常往來嗎？」

「偶爾。」

「為什麼？」

貝拉赫原本以為會再次惹怒對方，但作家只是笑了笑，朝他們臉上吐了一口煙說：

「賈斯曼這個人很有意思，當然會吸引作家和他往來。除此之外，他還精通廚藝。」

接著作家開始描述賈斯曼的烹飪技術，一道道菜說個不停。直到他講了整整十五分鐘，除了賈斯曼的廚藝以外什麼也沒提到，強斯才起身說，賈斯曼的廚藝並不是重點。不過貝拉赫反對，並表現得相當地感興趣，這會兒自己也聊了起來。他興致高昂地談論土耳其、羅馬尼亞、保加利亞、南斯拉夫與捷克的料理，並和作家輪流提及不同的菜名，像是在玩拋接球似的。強斯流著汗，聽著沒完沒了的談話在心裡咒罵著。直到過了四十五分鐘後，他們才精疲力盡地打住，像是吃了一整晚的滿漢全席。房間裡恢復安靜後，作家點了一支雪茄。隔壁的孩子又開始哭鬧，而樓下的狗也開始吠。強斯唐突地開口問道：

「施密特是被賈斯曼殺死的嗎？」

聽到這麼失禮的提問，貝拉赫搖了搖頭，而作家說：「您真是不達目的絕不罷休。」

「請您明說。」強斯語氣堅決地說。儘管他將身體向前傾，卻仍看不清楚對方的臉。

貝拉赫開始感到好奇，作家會如何接招。

他冷靜地反問：

「那名警察是什麼時候被殺死的？」

「接近午夜。」強斯說。

「我不知道警察的邏輯和一般人是否相同，」作家說，「但你們已經確定，我十二點半在往什內茲的路上遇見了守林人，表示與賈斯曼道別頂多是十分鐘前的事，顯然兇手並不是他。」

強斯進一步問道，當時在客人當中還有沒有人和賈斯曼在一起。

作家表示沒有。

「施密特是和其他客人一起離開的嗎？」

「普朗特博士一如往常是倒數第二個走。」

「最後一個走的是誰？」

「我。」

「那兩名男僕在場嗎？」強斯繼續追問。

「我不清楚。」

強斯問道，為什麼他給的答案總是不清不楚。

作家說，他給的答案已經很清楚了，接著動怒表示，自己不會將注意力擺在僕人身上。

強斯一股腦地問道，賈斯曼到底是好人還是壞人。貝拉赫如坐針氈地想著，他們不被寫進下一部小說才怪。

作家往強斯臉上吐了口煙，使他咳了起來。接著房裡又是一片沉默，連小孩的哭鬧聲都停止了。

「賈斯曼不是好人。」作家終於開口說道。

「那您依舊常去拜訪他，只因為他善於下廚？」強斯停止咳嗽後，生氣地問道。

「對，這是唯一的原因。」

「我不明白。」

作家笑了笑說，作家和警察很相似，只是他的背後沒有權力、國家、法律與監獄作後盾，但他的職責也是仔細觀察別人。

強斯聽得一頭霧水，沒有繼續接話。貝拉赫說：「我明白。」接著補充道：「我的下屬強斯太過著急，使我們現在陷入了一個死胡同，我大概是沒辦法毫髮無傷地出去了。不過年輕也有好處，就像是一頭公牛用蠻力硬生生地撞出了一條路。」這番話把強斯氣得脹紅了臉。「看在上帝的分上，我們回歸正題吧，不要再浪費時間了。」貝拉赫說，「請問您對於整件事有什麼看法？賈斯曼做得出殺人這種事嗎？」

儘管房間暗了下來，作家仍沒有要開燈的意思。他坐到窗台上，令貝拉赫與強斯看上去像是洞穴中的俘虜。

「我認為賈斯曼什麼罪行都做得出來，」作家用狡猾的聲音說，「但我確信他沒有殺害施密特。」

「感覺您很了解他。」貝拉赫說。

「我對他有個概念。」作家答道。

「這是您對他的概念。」貝拉赫冷冷地朝窗台上的身影說。

「他吸引我的，其實不完全是廚藝——儘管廚藝以外的事很難更令我興奮——而是一個人真有可能是個道地的虛無主義者。」作家說，「能在現實生活中遇到這種人，實在令人驚嘆。」

「聽一名作家說話也總是令人驚嘆。」貝拉赫冷冷地說。

「賈斯曼做過的好事，可能比我們三個現在窩在這裡的人加起來還要多。」作家接著說，「如果我說他不是好人，是因為他做好事和做壞事一樣，都是一時興起。他做壞事從來沒有目的，不像其他人是為了金錢、女人與權力之類的東西。但他也許會做出沒有意義的壞事，因為善與惡在他身上都是可能的，做好事與做壞事的可能性會隨機出現。」

「看來您把這當成數學來推論。」貝拉赫說。

「這本來就是數學。」作家說，「就像我們可以依照一個幾何圖形來建構出其鏡像，我們也能建構出邪惡的那個他。我相信在某處也有像這樣的人，或許您未來也會遇到。遇到了其中一個，就也會遇到另一個。」

「聽起來像個程式。」貝拉赫說。

「要這麼說也沒錯。」作家說，「在我的想像中，賈斯曼的鏡像是個罪犯，信奉的道德哲學是惡，他作惡的狂熱程度就像另一個人由衷行善一樣。」

貝拉赫希望將重點擺在賈斯曼本身，不想將話題扯遠。

「好吧，」作家說，「那我們繼續談賈斯曼，談他惡的一面。對他而言，惡並不是一種慾望或哲學，而是自由的表現，亦即否定一切的自由。」

「我不會為這種自由付出一分錢。」

「沒有人會強迫您，」作家說，「但也有人願意付出生命去研究這種人與這種自由。」

「他的生命。」

作家沉默了一會，沒有興致繼續說下去。

「我想了解的，是賈斯曼真實的樣子，」貝拉赫說，「就是住在泰森高地的蘭博因，並在那裡舉辦社交活動的他，這些聚會導致一名巡官喪命。因此我想知道，這些描述到底是您的想像，還是他真實的模樣？」

「是我們的想像。」作家說。

貝拉赫沒有接話。

「我不知道，」作家起身向他們道別，只和貝拉赫握了手，也只對他說：「我從來不關心這些，畢竟探究這個問題是警察的工作。」

Chapter 14

貝拉赫與強斯走回車上時，那隻白狗抓狂似地朝他們吠著。

強斯坐上駕駛座後說：「我不喜歡那個作家。」貝拉赫上車前整了整他的大衣，而那隻狗爬上石牆繼續狂吠。

「接著去賈斯曼那吧。」強斯發動引擎後說，但貝拉赫搖了搖頭。

「去伯恩。」

他們下山開往利格茲，朝那片遼闊的低地駛去，眼前盡是豐富的自然元素，有石塊、土壤與河流。儘管他們行駛在陰影中，但被泰森高地擋住的太陽依舊照耀著湖泊、島嶼、丘陵、山巒、地平線上的冰川，與藍天上層層交疊的雲朵。貝拉赫看著入冬前難以預測的天空想到，無論氣候如何變化，都是大同小異。接著汽車急轉彎，陡峭的懸崖下出現了一個湖泊，看上去像極了一面盾牌。

強斯停下車後激動地說：「督察，我有些話想跟您說。」

「怎麼了嗎？」貝拉赫望著懸崖下方問道。

「再這樣下去不行，我們必須和賈斯曼談談，這樣才合理吧？尤其得訊問他的兩名男僕。」

頭髮花白的貝拉赫靠在椅背上坐著，謹慎地打量著強斯說：

「我的老天，強斯，我們不總是能做合理的事。路茲之所以不希望我們去打擾賈斯曼，一定有他的顧慮。他必須將這件事呈報給聯邦檢察長，我們只要等候指示就行了。除此之外，要擺平那些外國人也不容易。」這消極的態度惹火了強斯。

「這沒有道理！」他吼道，「路茲滿腦子政治，只會阻礙我們辦案。封．史文迪不僅是他的朋友，還是賈斯曼的律師，想也知道他們在搞些什麼！」

「你該慶幸這裡只有我們兩個。」貝拉赫面無表情，「強斯，雖然路茲也許有點操之過急，但他一定有充分的理由。我們要解開的謎團在於施密特，而不是賈斯曼。」

強斯不為所動，「我們只要真相。」他接著朝天空上的雲吼著，「真相，只有真相，到底是誰殺了施密特！」

「你說得沒錯，」貝拉赫冷冷地說，「重要的是，兇手到底是誰。」

強斯將手搭在貝拉赫的左肩，看著他高深莫測的表情說：

「所以我們無論如何都得用盡方法，來對付賈斯曼。調查工作必須做到滴水不漏。雖然您說，我們不總是能做合理的事，但就這件事來說，絕對不能略過賈斯曼。」

「賈斯曼不是兇手。」貝拉赫冷冷地說。

「即便如此，他也可能是幕後主使者，我們一定得訊問他的兩名男僕。」強斯反駁道。

「目前並沒有跡象顯示，施密特是賈斯曼所殺的。」貝拉赫說：「我們得針對有行兇動機的人，而找出這個人是聯邦檢察長的工作。」

「那個作家不也認為賈斯曼是兇手嗎？」強斯說。

「你這麼認為嗎？」貝拉赫問道。

「是的，督察。」

「那只是你的解讀。」貝拉赫肯定地說：「他說賈斯曼有犯案能力，不代表賈斯曼有犯案。他並沒有提及賈斯曼具體的犯罪行為，純粹是說有這種可能性。」

強斯終於忍不住，抓著貝拉赫的肩膀說：

「督察，我多年來都活在別人的陰影下。」他氣呼呼地說，「大家總是無視我、輕視我，把我當作微不足道的小弟使喚。」

「這點我承認。」貝拉赫看著強斯絕望的表情，無動於衷地說，「我知道，那個陰影就是被殺害的施密特。」

「只因為他的學歷比較漂亮，因為他懂拉丁文！」

「你這麼說就不對了，」貝拉赫說，「他是我見過最優秀的刑事犯罪專家。」

「無論如何，機會永遠都不屬於我！」強斯吼道，「我努力想把握這次機會，卻敵不過那愚蠢的外交遊戲。督察，只有您能夠改變這一切，拜託您去和路茲談談吧。只有您能夠說服他，讓我去調查賈斯曼。」

「不行，強斯，」貝拉赫說，「我做不到。」

強斯激動地抓著他的肩膀吼著：

「拜託您去和路茲談談，拜託！」

貝拉赫依舊語氣堅定地說，「強斯，真的沒辦法。我又老又病，對這種事實在使不上力。我需要休息，你必須靠自己。」

「算了。」強斯說。他放開貝拉赫，雙手握住方向盤，之後臉色蒼白地用顫抖的聲音說：「不幫忙就算了。」

接著汽車朝山下的利格茲駛去。

「你之前去格林德瓦度假，是住在『艾格』民宿吧？」

「是的，督察。」

「那裡很安靜，費用也不貴。」

「是的。」

「很好，我明天要去那裡。」貝拉赫說：「我請了一週病假，要去山上靜養。」

強斯沒有接話。

直到轉進連接比爾與諾恩堡的道路，他才用平常的語氣說：「督察，山上並不總是好的。」

Chapter 15

同一天晚上，貝拉赫去拜訪他的醫生胡格托貝。儘管室內開著燈，但黑夜仍一分一秒地滲進了室內。當貝拉赫從窗戶往下看著廣場上來來往往的人潮時，胡格托貝收拾著診療儀器。他們兩個人是老朋友，從中學就認識了。

「幸好你的心臟沒問題。」胡格托貝說。

「你有我的病歷嗎？」

「厚厚一疊呢。」他指了指桌上成堆的資料說，「你的病史我一清二楚。」

「你沒有跟任何人透露我的病情吧？」貝拉赫問道。

「漢斯，保密是醫生的職責啊。」胡格托貝說。

下方廣場開來了一輛賓士，藍色車身在路燈的照耀下忽明忽暗。貝拉赫仔細一看，發現下車的是強斯。除此之外，還有一名女性穿著白色的雨衣，披著一頭金色的長髮。

「你這裡有被人闖入過嗎，山謬？」

「為什麼這麼問？」

「沒什麼。」

「有一次我的抽屜亂成一團，而你的病歷被擺在桌上。」胡格托貝誠實地說，「雖然我在抽屜裡放了很多錢，但一毛也沒少。」

「你怎麼沒報警？」

胡格托貝抓了抓頭說，「雖然錢沒有被偷，但我確實有想過要報警，只是後來忘了。」

「喔，」貝拉赫說，「你忘了。那些闖空門的人遇到你真是走運。」他心想，難怪賈斯曼知道自己生病的事。他再往窗外看，發現強斯與那名女性走進了一間義大利餐廳。就在他下葬這一天，貝拉赫心想，然後把頭轉開，不再看向窗外。

貝拉赫向正在書寫的胡格托貝問道，「現在我的健康狀況如何？」

「你還痛嗎？」

貝拉赫敘述了不久前的發病情形。

「漢斯，你的情況不太好。」胡格托貝說：「你必須在三天內動手術，別無選擇。」

「但我現在感覺很好啊。」

「你四天後一定還會發病，」胡格托貝說，「這次可能會要了你的命。」

「那再給我兩天吧，兩天就好。第三天早上，也就是星期二早上，你幫我動手術。」

「好，就星期二早上。」胡格托貝說。

「之後我只能再活一年，對吧？」貝拉赫問道，用一貫捉摸不透的目光看著他的老同學。

胡格托貝跳了起來說：「這鬼話是誰告訴你的？」

「一個看過我病歷的人。」

「是你闖入我的診所嗎？」胡格托貝激動地問道。

貝拉赫搖了搖頭說：「不是我，但我還有一年的時間，沒錯吧？」

「對，沒錯。」胡格托貝說，接著坐向診療室中一張靠牆的椅子，手足無措地看著貝拉赫。他站在診療室中央，看起來冷漠、孤單、沮喪又僵硬，使胡格托貝不忍地低下了頭。

Chapter 16

凌晨兩點，貝拉赫突然醒了過來。他聽了胡格托貝的勸，很早便吃了藥上床就寢。由於這是他第一次這麼做，因此認為，在半夜驚醒是因為這個原因。不過他又認為，自己是被某種聲音給吵醒的。他的視線異常清晰，我們在猛然醒過來時往往如此。然而，他得要先弄清楚東南西北，接下來的幾分鐘就像是過了幾世紀，之後他才弄清楚了。他並沒有和往常一樣睡在寢室，而是睡在書房。他原本預期這晚會輾轉難眠，因此打算讀一點書，但想必不久後就沉沉入睡。他用手摸著身上，發現自己還穿著衣服，只是多蓋了一條棉被。他豎起耳朵。有件東西掉落在地上，是那本他睡前讀到一半的書。這個沒有窗戶的房間裡雖然昏暗，但也不是一片漆黑，因為暴風雨之夜的微光從寢室開啟的門滲了進來。

他聽見遠處呼嘯的風聲，同時在黑暗中認出了書架、椅子與桌子的輪廓。他吃力地看，才確認手槍依舊擺在桌上。接著一陣風吹來，使寢室的門窗砰的一聲關上了。之後走廊傳來了輕輕的腳步聲，因此他心想，有人開門闖入屋內了，但對方沒料到會掀起這陣風。接著他起身，打開了落地燈。

在貝拉赫將手槍上膛的同時，對方也打開了走廊的燈。他從半開的門看見亮起的燈，接著看見一隻手伸去轉鬆燈泡。這不明所以的舉動讓他摸不著頭緒。對方拔出了燈泡，製造了短路，因此火光一閃後，室內變得一片漆黑。貝拉赫在一片漆黑中意識到，對方打算和他拚搏，而他必須摸黑接招。他緊握著手槍，小心翼翼地打開寢室的門。然而，裡頭相當地昏暗，因此他剛開始幾乎什麼也看不見。直到眼睛逐漸習慣後，視線才逐漸清晰。他靠在床和窗戶之間的牆上，窗戶面向著河。另一扇窗戶在他的右手邊，面向鄰屋。他就這樣站在黑暗中，雖然無從閃避讓他處於劣勢，但他希望隱身於黑暗中能夠扭轉這個劣勢。窗外微弱的光線剛好照在書房門口，因此對方若經過，貝拉赫就會看見他的輪廓。不久後，書房裡亮起了手電筒微弱的光線，探索地照著書籍與地板，接著照向沙發與書桌。貝拉赫透過開啟的房門看見蛇形刀依舊擺在桌上，而一隻戴著棕色皮手套的手在桌上摸索著。之後那隻手拿起了蛇形刀，因此他舉起手槍瞄準，但手電筒的光線馬上熄滅了。貝拉赫無奈地將手垂下，繼續等待。他望向窗外，想像著下方川流不息的河水，以及另一頭城裡的大教堂，如同一支利箭般射向天空中的浮雲。他一動也不動地站著，等待著來取他性命的人。他的視線穿過門縫，緊盯著外頭的一片黑暗，靜靜地等著。屋裡一點聲響也沒有，近乎死寂。走廊上的時鐘響了三聲後，恢復成輕輕的滴答聲。之後一輛汽車鳴了喇叭，飛快地駛過屋前，大概是從酒吧回家的人。貝拉赫一度以為自己聽見了對方的呼吸聲，但馬上意識到聽錯了。他就這樣站在屋子裡的一處，而對方在另一處。兩人之間隔著一片黑暗，一片沉默又殘酷的黑暗。這片黑暗下藏了一把蛇形刀，直逼他的心臟而來。他幾乎不敢呼吸，只是靜靜地站著。他手裡握著武器，沒有意識到背上的冷汗，更無心思考其他事。他不再想賈斯曼的事，也不再想路茲，更不再想那日復一日折磨著他的疾病。貝拉赫此刻只知道，有人想殺了他，而他必須保護自己。他想要活命，僅只如此。他就只還是一隻搜索著黑夜的眼睛，一隻分辨最輕微聲響的耳朵，一隻握住冰冷金屬槍身的手。貝拉赫沒有料到，對方近在眼前。他感受到一陣微弱的涼風吹過臉頰，一陣細微的空氣流動，因此瞬間慌了手腳。他之後推測，應是寢室通往飯廳的門打開了。對方手裡握著蛇形刀，無聲無息地繞進了寢室。貝拉赫被那勢如破竹的進攻打亂了盤算，因此心裡清楚，對方是來真的。他必須先發制人，雖然他這個病懨懨的老人，就算奮力一搏，頂多也只能再活一年，前提還是胡格托貝的手術順利。接著他下定決心，朝緊鄰著阿爾河的窗戶連開三槍，子彈穿過碎玻璃，掉入河中。他蹲下來，感覺剛才有東西飛過頭頂。那把蛇形刀插在牆上，但他達成了目的：隔壁鄰居打開了燈，滿臉驚恐地從窗戶探出頭查看。貝拉赫站起身，看見鄰居家的燈光照亮了他的寢室。他依稀看見，飯廳門旁有一個人影將房門甩上。隨之而來的一陣風吹關了書房的門，接著又吹關了飯廳的門。一扇門接著一扇門關上，震響了窗戶的玻璃。恢復寂靜後，鄰居們依舊在黑夜裡查看，但貝拉赫只是靠在牆上。他手裡握著槍，一動也不動地站著，忘了時間的流逝。直到鄰居們回到房裡關上燈，他依舊站在牆邊。他和先前一樣，獨自被黑暗包圍。

Chapter 17

半小時過後，貝拉赫去屋內走廊尋找手電筒，並打電話要強斯來一趟。他換上新的保險絲，使燈光重新亮起。接著他坐在靠背椅上，聽著夜裡的寂靜。不久後，屋外傳來了一陣煞車聲。貝拉赫聽見強斯的腳步聲接近大門，之後來到室內。

「有人想要殺我。」他說。

強斯臉色蒼白，頂著一頭亂髮，沒戴帽子。他的冬季大衣下穿的還是睡衣。走進寢室後，強斯從牆上拔出蛇形刀。他費了很大的力氣，因為那把刀深深地插在木頭裡。

「用這把刀？」強斯問道。

「沒錯。」

看見破碎的窗戶玻璃後，他又驚訝地問：「您是對著窗外開槍嗎？」

聽完貝拉赫敘述事發經過，強斯說：「您採取了正確的行動。」接著兩人回到走廊上。

強斯撿起地上的燈泡說：「這傢伙很聰明。」他不無欽佩之意，隨即又將燈泡放回地上。回到書房後，貝拉赫虛弱地拉了一條毯子躺在臥榻上，無助地躺著，頓時老態龍鍾，彷彿垮掉了。強斯接著問道：「您有認出對方嗎？」他手裡依舊握著那把蛇形刀。

「沒有，他的動作敏捷，而且很謹慎。我只有看見，他戴了棕色的手套。」

「這個線索太少。」

「這點線索根本沒用。但即使我沒看見他，連他的呼吸聲都沒聽見，我也知道他是誰。我知道那個人是誰，我知道。」貝拉赫幾乎是用氣音在說話。

強斯摸著手裡的刀子，看著眼前憔悴的上司。他看見貝拉赫充滿老態，顯得疲憊不堪，而一雙手無力地垂在一旁，像極了遺體旁凋零的花朵。他看見貝拉赫用平靜卻依舊深不可測的眼神望著他，便將蛇形刀擺回桌上。

「您病了，明早得出發去格林德瓦休養。還是您想待在這？畢竟現在是冬天，上山不一定好。」

「我會去。」

「那您得早點休息，需要我留下來嗎？」

「沒關係，你回去吧。」貝拉赫說。

「那晚安了。」強斯說，接著朝大門走去。貝拉赫沒再說話，彷彿立刻睡著了。強斯走出屋子後，將大門關上，接著又走了幾步到路邊，將花園原先開著的門也關上。然而，他沒多久後又轉身走向屋子。在漆黑的夜裡，一切都會消失在黑暗中，連同鄰近的房屋。只有高高的遠處有一盞點亮的路燈，在陰沉的黑暗中一顆失落的星星。空氣中充滿了哀傷，以及潺潺的溪流聲。強斯輕輕咒罵了一聲，用腳踢開花園的門。他果斷地穿過花園小徑，再度回到大門前，壓下門把卻發現，大門已經鎖上了。

貝拉赫六點起床，幾乎整夜沒睡。這天是星期天，他盥洗後換了一件衣服，接著打電話叫了一輛計程車，打算在火車上吃早餐。他拿著暖和的冬季大衣，沒提行李箱，走出了房子。外頭還有清晨的霧氣，但天氣非常晴朗。一名鬼混的大學生醉醺醺地經過他，渾身酒氣地向他問好。是布拉瑟，貝拉赫心想，這可憐蟲已經第二次在醫科基礎考試被刷下來了，於是他就開始酗酒。計程車抵達後停了下來，那是一輛大型美式轎車。司機將衣領立起，因此貝拉赫看不見他的眼睛，接著他打開車門。

「到火車站。」貝拉赫上車後說，而車子動了起來。

「怎麼樣，」一旁的聲音問道，「昨晚睡得好嗎？」

貝拉赫轉頭，竟然看見了賈斯曼。他穿了一件淺色的雨衣，手上還戴著棕色的皮手套。他交叉雙臂坐在那裡，像極了等著看笑話的老農民。接著司機也轉過頭來冷笑了一聲，現在他的衣領折下來了。貝拉赫這才發現，那正是賈斯曼的僕人，而自己落入了圈套。

「你又想做什麼？」貝拉赫問道。

「你還是在追查我，去找了作家。」賈斯曼用陰沉的語氣說。

「這是我的職責。」

「貝拉赫，」賈斯曼緊盯著他說，「調查我的人都沒有好下場。」

僕人抓狂似地以高速開上阿爾高史塔登路。

「我還活著。而我一直都在調查你。」貝拉赫冷靜地說。

之後沒有人再說話。

汽車飛快地駛向維多麗亞廣場，差點撞上一名正在過馬路的老人。

「小心一點！」貝拉赫氣憤地喊道。

「再開快一點。」賈斯曼隨之命令道，嘲諷地打量著貝拉赫。「我就愛追求速度。」

貝拉赫凍得直打哆嗦。他不喜歡沒有新鮮空氣的空間。汽車狂奔上橋後，超過了一輛電車。他們從橋上越過銀帶般的河流，飛也似地直奔向他們敞開雙臂的市區。此時街道上人煙稀少，但天氣晴朗無比。

「這場遊戲我勸你認輸吧，現在放棄還不晚。」賈斯曼一邊說一邊往菸斗裡塞菸草。

他們從拱廊購物街旁飛馳而過，貝拉赫看向那些深色拱頂，看向朗格書店前方兩名警察的朦朧身影。

他認出那是賈斯布勒和楚斯特格，心想：馮塔納[7]那本小說的書錢我該去付了。

7 馮塔納（Theodor Fontane）為德國寫實主義代表作家。

「這場遊戲我們不能放棄。」貝拉赫說，「在土耳其的那天晚上，你成了罪人，因為你提議要打賭，賈斯曼，而我也成了罪人，因為我接受了。」

賈斯曼在經過聯邦宮時問道：「你依舊認為，是我殺了施密特？」

「我從沒這樣想過。」貝拉赫說，漠然地看著賈斯曼點燃菸斗。「過去我沒能夠就你犯下的罪行將你定罪，」他接著說，「現在我將要用你沒有犯下的罪行將你定罪。」

賈斯曼看著他，意味深長地說：「這我倒沒有想過，看來得小心提防了。」

貝拉赫沒有接話。

「你這老傢伙說不定比我想的還要陰險。」賈斯曼思考著說。

汽車終於在火車站前停了下來。

「貝拉赫，這是我最後一次和你說話了。」賈斯曼說，「下一次我就會殺了你，假定你撐得過手術。」

「你錯了，」貝拉赫在晨曦裡的廣場上忍著寒風說，「你不會殺死我。我是唯一認識你的人，也是唯一能審判你的人。賈斯曼，我現在就判你死刑。我今天就會派劊子手去取你的性命，讓你活不過今天。他會殺了你，執行上天的旨意！」

賈斯曼感到錯愕，愣愣地看著他走進火車站。貝拉赫雙手插在大衣口袋，沒再回頭，而幽暗的車站大廳已經充滿了人。

「你這個老頑固！」賈斯曼突然大喊，令許多行人轉頭查看，但貝拉赫的身影早已消失在人群中。

Chapter 18

這天天氣晴朗，太陽像一顆無瑕的火球，為萬物投射下長長的影子。隨著太陽逐漸上升，影子只稍微縮短。城市就在這裡，像一只白色的貝殼，以毛孔般的街道吸收著光線，只為了在夜晚綻放光芒。它就像是一個巨大的有機體，不斷地孕育新人，並摧毀舊人，將他們埋葬。晨光愈來愈耀眼，就像鐘聲餘音上方一面發亮的盾牌。圍牆將陽光反射在強斯臉上，使他看上去臉色蒼白。他在等一個人，已經等了一個小時，因此不耐地在大教堂前的拱廊購物街上走來走去。他不時抬頭仰望大教堂的滴水嘴獸，怪獸表情猙獰，瞪視著陽光灑下的石板路。教堂大門終於打開後，人潮如洪水般湧出，原來先前是呂提牧師在佈道。強斯看見了穿著白色雨衣的安娜朝他走來，開心地伸手向他問好。他們走上凱斯勒街，走進了喧鬧的信眾，被老老少少的人們給包圍著。身旁這裡是教授，那裡是盛裝打扮的麵包師妻子，還有兩名大學生陪著一名女孩，以及數十名公務人員與教師。每個人都打扮與梳洗得乾乾淨淨，卻也都餓得想要大吃一頓。他們穿過卡齊諾廣場後，走下馬齊利街，在橋上駐足了一會。

「安娜小姐，」強斯說，「我今天會逮捕殺害烏利希的人。」

「您知道兇手是誰了嗎？」她驚訝地問道。

強斯看著安娜，她正臉色蒼白地站在那裡。「我認為我知道。」他吞吞吐吐地說，「如果我抓到兇手，您願意像接納您已故未婚夫那樣接納我嗎？」

安娜遲疑了一會，將大衣拉緊，應該是覺得冷了。接著一陣風吹來，弄亂了她金色的頭髮。

「就這麼說定了。」她說。

兩人握手後，安娜走向對岸，而強斯從後方看著她離去的身影。她白色的雨衣在樺樹之間反著光，在散步的人群中忽隱忽現，之後才完全消失。強斯到火車站旁取車，接著開往利格茲。他開得很慢，偶爾還會下車到田間抽根菸，之後再重新上路，因此抵達時已經中午了。他在利格茲車站前停車，走上通往教堂的階梯，他冷靜下來了。湖水是一片深藍色，葡萄藤上的葉子稀稀落落，而地上棕色的泥土鬆軟。然而，強斯無心觀察周遭的一切。他以平穩的步伐，自顧自地走上樓梯，沒有轉頭查看，也沒有片刻停留。之後的道路陡峭地抬升，而一旁的白牆隔開了一座座的葡萄園。強斯冷靜且堅定地一路往上走，將右手插在大衣口袋裡，看起來熟門熟路。偶爾會有蜥蜴擋住去路、有老鷹在頭上飛翔，而大地曝曬在烈日下，如同夏天一般。不久後，他離開了葡萄園，走入了樹林，感覺涼快了許多。白色的汝拉山岩在太陽的照耀下，在樹叢之間閃閃發光。強斯在綿延不斷的道路上，以同樣的步伐不斷地往上走。接著他走入了田間，而這塊耕地同時也是一座牧場，因此道路的坡度較為平緩。他經過了一座長方形的墓園，看見四周砌上了灰色的圍牆，但大門卻敞開著。裡頭有身穿黑色喪服的女性來回走動，還有一名駝背的老人站在那裡，看著強斯經過的身影，但他只是將右手插在大衣口袋裡，不斷地往前走。

他抵達普雷勒後，經過了「群熊」旅社，接著往蘭博因走去。高原上空氣清新，無風也無霧，因此遠處的景象清晰可見。只有沙瑟拉勒山的山脊被白雪覆蓋，其餘的一切都呈現淺棕色，點綴以白色的圍牆、紅色的屋頂與黑色的耕地界線。強斯以相同的速度走著，而太陽從後方照著他，將影子投在前面。接著下坡時，他朝一座鋸木場走去，現在太陽從旁邊照過來。他在途中什麼也沒想、什麼也沒看，只有一個念頭與一股慾望驅使著他的步伐。遠處有一隻狗在狂吠，接著牠跑過來嗅了嗅這個不斷前進的路人，又了無興致地走開。強斯一路靠著右側，不疾不徐地走著。不久後，棕色的田裡冒出了一棟房子，四周被光禿禿的白楊樹包圍著。他離開了道路，穿過田野。他的鞋子陷入未經耕作的農田鬆軟的泥土中，之後抵達了大門入口。由於大門敞開著，強斯便走了進去，看見庭院裡停了一輛美式轎車，他不予理會。他走向房門，發現這扇門也沒關上，因此又走入玄關。接著他開啟第二扇門，走入佔了整個一樓的大廳。他站在原地，看見耀眼的陽光從窗外照了進來，而賈斯曼只離他不到五步的距離，身旁還有兩名巨人般的男僕。他們一動也不動，看起來充滿殺機，就像是兩名屠夫。賈斯曼與兩名僕人都穿了大衣，身旁擺著行李箱，看起來像是要出遠門。

強斯愣愣地站著。

「是你啊。」賈斯曼說，微帶訝異地看著這個警察冷靜、蒼白的臉孔，還有在他身後仍然敞開的門。

接著他笑道：「原來貝拉赫是這個意思啊！不錯，真不錯！」

賈斯曼瞪大眼睛，露出了詭異的笑容。

冷靜地，一句話也沒說，其中一名僕人幾乎是以慢動作從口袋中掏出手槍射擊。強斯感覺到自己的左肩中彈，將右手從口袋裡抽出來，跳至一旁躲避。接著他朝著賈斯曼的笑聲開了三槍，那笑聲彷彿逐漸消失在一個空闊無垠的空間裡。

Chapter 19

在接到強斯的電話之後，夏內爾與克列寧分別從蘭博因與特萬趕來，而比爾方面出動了快打部隊。在三具屍體旁發現還在流血的強斯，除了左肩，他的左下臂也中了一槍。在先前短暫的槍戰中，所有人都開了槍。警方從他們身上搜出了武器，其中一個僕人的槍還緊握在手中。強斯不僅不記得夏內爾抵達後發生的事，甚至還在諾韋維爾的醫生替他包紮時昏倒了兩次，不過沒有生命危險。之後有許多好奇的當地居民、農夫、工人與婦人前來圍觀，但警方封鎖了現場。儘管如此，一名年輕女性還是突破重圍，成功進到了屋內大廳，哭倒在賈斯曼的屍體上。那是夏內爾在餐館裡當服務生的未婚妻，他站在旁邊，氣得臉紅脖子粗。之後警方要圍觀的農夫後退，好將強斯扶上車。

「他們三個都躺在那裡。」路茲隔天早上說道，指著那三名死者，語氣不帶一絲勝利的興奮，反而充滿了哀傷與疲憊。

封．史文迪錯愕地點了點頭，他以委託人律師的身分來比爾了解事發經過。

先前他們走進擺放屍體的地方，陽光穿過一扇小鐵窗斜斜地照了進來。儘管他們都穿了大衣，卻依舊感到寒冷。路茲的眼睛布滿血絲，因為他徹夜研究了賈斯曼的日記簿，裡頭全是難以解讀的速記符號。

他雙手插在口袋中對封．史文迪說，「人類之所以建立國家，是因為對彼此感到恐懼。」接著他低聲說道，「我們周圍有不同形式的護衛，例如警察與軍人，例如輿論，但這又有什麼用呢？」路茲的面孔扭曲，瞪著眼睛，朝冰冷的房間裡苦笑了幾聲。「一個笨蛋當上一個大國的首腦，我們就全軍覆沒了。親愛的議員，您看看，來了一個賈斯曼，我們的警戒線就被突破了，前哨站就被繞過了。」

封．史文迪認為，最好是讓這位預審法官回到現實中，但不知道該怎麼做。「我們的圈子被各式各樣的人無恥地利用了。」他說，「真是尷尬，尷尬之至。」

「沒有人能料到這一切。」路茲安慰他說。

「那施密特呢？」封．史文迪問道，想將話題導回重點。

「我們在賈斯曼家找到一個施密特的文件夾，能證明賈斯曼的身分和他的犯罪嫌疑。施密特想要逮捕賈斯曼，全出自於私人動機。這是一個天大的錯誤，因為事實證明，正是賈斯曼派人殺他的。槍枝比對的結果顯示，兇器就是其中一名僕人的手槍。謀殺動機顯然是，賈斯曼怕自己的底細被揭穿。施密特應該將這件事交給我們處理，但他野心勃勃，只能說還太年輕了。」

貝拉赫走進停屍間。路茲看見他，心情沉重起來，又把雙手插進口袋。「督察，能看見您真好。」路茲將身體重心從一隻腳移至另一隻腳說：「您度假回來得正是時候，我和封・史文迪議員也是不久前才到。屍體已經整理完畢，而我們也爭論得夠多了。我支持提升警察的裝備，若能有原子彈就再好不過了。督察您則以人道為優先，比較想要一支由忠厚老實的老爺爺組成的鄉村警隊。看來我們都錯了，就別再爭論了。強斯一點也不科學地直接用手槍反駁了我們。我不想知道他是怎麼幹的。好吧，那是正當防衛，我們必須相信他，也可以相信他。這場破獲是值得的，用俗話說，死者是罪有應得。假如按照科學方式辦案，那我們現在還在外國使節身邊打探。我得要讓強斯升職，只是我們兩個現在站在這裡像蠢驢一樣。施密特案已經結案了。」

路茲低下頭，為貝拉赫謎樣的沉默感到困惑，垂頭喪氣，忽然又變回那個端正謹慎的官員。之後他咳了一聲，看見尷尬依舊的封．史文迪在一旁，便羞愧地脹紅了臉。接著在封．史文迪的陪同下，路茲走入漆黑的走廊，留下貝拉赫獨自一人。擔架上的屍體蓋著黑布，而斑駁的牆上剝落著石灰。貝拉赫走向中間的擔架，掀起黑布，看見了賈斯曼。他左手拉著黑布，微微地彎了腰，看著那張毫無生機的面孔。賈斯曼的嘴上依舊揚著笑意，但眼窩更凹陷了，這兩個深淵裡不再潛伏著什麼可怕的東西。他們就這樣最後一次相遇，獵人和獵物，獵物已然斃命躺在他腳邊。貝拉赫意識到，他們倆的人生都走到了盡頭，因此想起了過去的日子。他的思緒穿過迷宮的神秘小徑，那座迷宮就是他們兩人的人生。現在他們之間，除了死亡的不可測度以外別無他物。死亡這個法官作出的判決是沉默。貝拉赫彎著腰，而屋內昏暗的光線照在他的臉和手上。光線同時也照在屍體上，毫不突兀，為生者與死者構成了某種和解。死亡的沉默籠罩在他身上，爬進他體內，但並沒有像給死者帶來平靜一樣地給他帶來平靜。死者為大，他慢慢地將黑布蓋回賈斯曼臉上。見完這一面後，賈斯曼將長眠於地底。這些年來他腦中就只有一個念頭：摧毀這個如今在這光禿禿的灰色房間裡躺在他腳邊的人。看見剝落的石灰如雪片般掉落在賈斯曼身上，他只能為對方蓋上黑布，謙卑地乞求遺忘，遺忘是一種恩典，只有遺忘能夠撫慰一顆被怒火銷蝕的心。

Chapter 20

同一天晚上八點整，強斯依照貝拉赫的要求，來到他在阿爾滕貝格區的住所。令強斯驚訝的是，前來開門的是一名穿著白色圍裙的年輕女僕。進門後，他聽見廚房裡傳來烹飪與煮水的聲音，以及碗盤輕輕的碰撞聲。女僕接過強斯的大衣，看見他的左手臂還吊著繃帶，但這顯然不妨礙他開車。她打開飯廳的門後，強斯被眼前的景象給嚇傻了。餐桌上精心布置了兩人份的餐具，甚至還點了蠟燭，而貝拉赫就坐在桌子一端的靠背椅上。他的臉色在燭光的照耀下顯得紅潤，而整個畫面看上去極為安詳。

「坐下吧，強斯。」貝拉赫指了靠在桌邊的另一張椅子說。

「我不知道您要請我吃晚餐。」強斯坐下後說道。

「我們應該為你慶祝一下。」貝拉赫邊說，邊將燭台推至一旁，才不會擋住彼此的臉。接著他拍了一下手，門隨之打開。一名身材圓潤魁梧的女性端來一個大盤子，上頭裝滿了沙丁魚和螃蟹，還有黃瓜、番茄、豌豆與雞蛋拌成的沙拉，淋了美乃滋。中間則是肉片冷盤，有雞肉和鮭魚。貝拉赫每一樣都拿了一些。強斯看著這個有胃病的老人在盤子上堆起了份量驚人的食物，驚訝之餘就只要了一些馬鈴薯沙拉。

「想喝點什麼嗎？」貝拉赫問道：「利格茲的葡萄酒怎麼樣？」

「好。」強斯答道，感覺像是在作夢。女僕過來倒了酒，接著貝拉赫拿起麵包吃了起來。他吃完鮭魚、沙丁魚、蟹肉、冷肉片、沙拉和烤肉，又拍了拍手，表示要再來一盤。強斯看得目瞪口呆，連馬鈴薯沙拉都還沒吃完，而貝拉赫已經喝三杯酒了。

「可以上酥皮餡餅和諾恩堡產的紅酒了。」貝拉赫喊道。之後他夾了三個餡餅到乾淨的盤子上，裡頭的餡料是鵝肝、豬肉和松露。

「您不是身體不好嗎？」強斯終於忍不住問道。

「今天例外，我要慶祝我終於逮到了殺害施密特的兇手！」

貝拉赫喝乾了第二杯紅酒，接著開始吃第三個餡餅。他不斷地吃著，貪心地想吞下世界上所有的食物，並用牙齒將它們磨碎，活像一個餓死鬼。照在牆上的影子整整大了他兩倍，而那個身體加上手臂的動作與低下的頭，像極了一名黑人酋長在跳舞慶祝勝利。強斯震驚地看著病入膏肓的貝拉赫這場恐怖的表演。他一動也不動地坐著，什麼都不吃了，連一口酒也不喝。貝拉赫卻仍不斷地要來了小牛排、米飯、薯條和生菜沙拉，之後又點了香檳。

「您是裝的，」強斯發抖著說，「您根本沒生病！」

貝拉赫沒有馬上接話，只是笑了笑，便繼續吃他的沙拉，享受著每一口食物。面對這樣的反應，強斯不敢再問第二次。

「沒錯，強斯，」貝拉赫終於說道，「我是裝的，根本沒生病。」接著他又咬了一口小牛肉，不停地吃著，好像永遠不會飽似的。

強斯意識到自己陷入了一個陰險的陷阱，而陷阱的門已經在他身後關上。他直冒冷汗，而恐懼使他無法動彈，因為現在才意識到一切已經太遲了。

「看來您已經知道了。」強斯小聲地說。

「沒錯，我知道了。」貝拉赫堅定而平靜地說，不帶任何情緒，像是在談一件無關緊要的事，「施密特是你殺的。」他話說完，一口喝光了杯裡的香檳。

「我早就懷疑，您已經知道了。」強斯以幾乎聽不見的音量低喃著。貝拉赫頂著一張撲克臉，好像此刻對他來說，沒有比食物更重要的東西。接著他又叫來了滿滿一盤的米飯，上頭淋了醬汁，再添上一塊小牛排。儘管如此，強斯仍打算力挽狂瀾。

「槍枝比對的結果證實，兇器是其中一名僕人的。」儘管他的態度堅定，語氣卻不是如此。

貝拉赫露出輕視的眼神說：「強斯，別騙人了，那把槍是你的，你心知肚明。雖然警方抵達現場時，看見槍握在那名男僕手中，但那是你塞給他的。只是賈斯曼的犯罪事實太過驚人，其他人才會忽略你的把戲。」

「這種事口說無憑。」強斯絕望地反抗。

貝拉赫伸了個懶腰，不僅毫無病痛，甚至精力充沛。他氣定神閒地享受著自己的優勢，就像是一隻老虎在玩弄獵物。他喝完杯裡剩下的香檳，又要來回奔波的女僕再端來起司，搭配著蘿蔔、醃黃瓜和小洋蔥吃。他不斷地要來新的菜色，好像再也吃不到這些東西似的。

「強斯，你還不懂嗎？」貝拉赫說：「證明那把槍屬於你的，就是你自己。你為了救我，而開槍射殺賈斯曼的狗。正是這顆子彈證明，你的槍就是殺害施密特的兇器。你自己提供了我所需要的罪證。甚至可以說，你為了救我而暴露了自己。」

「原來如此，難怪那隻狗後來不見了。」強斯愣愣地說：「您一開始就知道，賈斯曼有一隻巨型犬嗎？」

「沒錯，所以我才會事先將左手臂包裹住。」

「所以那也是您設下的陷阱。」強斯幾乎無聲地說。

「可以這麼說，但你提供我的第一個罪證，是星期五你開車載我經由恩斯前往利格茲，為了演那齣『藍卡戎』戲碼給我看。我知道施密特星期三行駛的路線是經由左里科芬，因為他當天晚上將車停在利斯的車庫。」

「您怎麼會知道？」強斯問道。

「我直接打了電話去問，因此確定，當天晚上駕車經過恩斯與埃爾拉赫的就是兇手。強斯，你從格林德瓦回來，而『艾格』民宿的主人正好也有一輛藍色賓士。你監視了施密特好幾個星期，緊盯著他的每一個腳步。你妒忌他的能力、他的成就、他的學識，還有他的女人。你知道他在調查賈斯曼，甚至知道他什麼時候會去賈斯曼家，但你不知道是為什麼。一次偶然的機會，你弄到了施密特桌上的文件夾，決定自己接下這個案子，殺死施密特，讓你自己也能立功一次。你以為要將謀殺嫁禍給賈斯曼很容易，但我在格林德瓦看見那輛藍色賓士時，就看穿了你的把戲。你星期三晚上租了那輛車，這我已經查證過了，之後的步驟就很簡單：你開車經過利格茲，並在抵達什內茲後，將車子停在特萬溪峽谷森林。接著你進入樹林，走捷徑穿越了峽谷。抵達連接特萬與蘭博因的道路後，你在巨岩下等待施密特。之後他認出了你，便驚訝地停下了車，但你卻在車門打開後朝他開槍。作案過程是你自己告訴我的。現在你如願以償，占有了他的成果、他的職位、他的汽車，還有他的女人。」

強斯聽著貝拉赫的連珠炮，知道自己大勢已去。這場鴻門宴即將進入尾聲，燭火搖曳得更加厲害，使火光在兩人臉上來回閃爍，而影子更濃了。在這個夜晚的地獄裡一片死寂，而女僕早已不見蹤影。貝拉赫一動也不動地坐著，幾乎看不出來有沒有在呼吸。閃動的燭光一波又一波地映照著他，紅色的火光濺上他冰冷的額頭和冰冷的靈魂。

「您玩弄了我。」強斯緩緩地說。

「我玩弄了你，」貝拉赫嚴肅地說，「我別無選擇，你殺了我的施密特，我只好利用你。」

「來殺死賈斯曼。」強斯很快地理解了一切。

「沒錯，我花了大半輩子的時間想逮捕賈斯曼，而施密特是我最後的希望。我讓他去對付那個人形惡魔，讓一隻高貴的動物來對付一隻瘋狂的禽獸，但你跑來攪局。強斯，你荒謬的好勝心毀了我最後的希望。因此，我把你納為己用，把你這個兇手變成我最可怕的武器。因為你被絕望所驅使，一個兇手必須找到另一個兇手來頂罪。我把自己的目標變成了你的目標。」

「那對我來說就像是地獄。」強斯說。

「那對我們兩個來說都是地獄。」貝拉赫冷冷地說：「封．史文迪的插手干預把你逼到極限，你必須設法揭發賈斯曼乃是兇手。如果不去追查指向賈斯曼的線索，就可能使線索指向你。唯一能救你的，是施密特的文件夾。你知道它在我手上，因此在星期六晚上攻擊了我，殊不知文件夾已經被賈斯曼給搶走了。而我要前往格林德瓦也令你感到不安。」

「你知道那天晚上攻擊你的人是我？」強斯愣愣地問道。

「我一開始就知道了。我所做的一切都是想要把你逼入極度的絕望。等你絕望到無以復加的時候，你就決定要到蘭博因設法了結這件事。」

「但先開槍的是賈斯曼的男僕。」強斯說。

「因為我星期天早上和賈斯曼說，會派一名殺手去殺他。」

這一切使強斯頭暈目眩，並開始發冷。「您讓我和賈斯曼像動物一樣互相攻擊！」他說。

「讓禽獸與禽獸對決。」貝拉赫冷冷地說。

「您以為自己是法官，將我當作劊子手。」

「可以這麼說。」貝拉赫答道。

「儘管我執行的是您的意志，無論出於自願與否，現在我都成了將被追捕的罪犯！」

此時只剩下一根蠟燭還在燃燒，而強斯用沒有受傷的右手撐起身子。他用充滿怒氣的雙眼試圖在黑暗中辨識出貝拉赫的身影，卻只看見一個不真實的黑影。他猶豫地摸索著將手伸向口袋。

「沒用的，別再做毫無意義的掙扎了。」貝拉赫說：「路茲知道你在我這，而且女僕們還在屋裡。」

「是的，這沒有意義。」強斯輕聲回答。

「施密特案已經結案了，」貝拉赫說，聲音穿過室內的黑暗，「我不會告發你，但是你滾吧！隨便去哪兒！我不想再看到你了。我審判過一個人就已經夠了。滾吧！滾吧！」

強斯低著頭，慢慢地離開了屋子，消失在黑暗中。大門關上後不久，外頭便傳來汽車駛離的聲音。這時那支蠟燭熄滅了，最後一次用刺眼的火光照亮了閉上雙眼的老人。

Chapter 21

貝拉赫整夜坐在靠背椅上，一動也不動。他先前強大與飢渴的生命力已經消失殆盡。他又大膽地演了一齣戲，但是有一件事他對強斯說了謊。隔天早上天才剛亮，當路茲衝進屋內慌張地說，強斯開車在利格茲與特萬之間被火車撞死了，他發現貝拉赫病懨懨的。貝拉赫吃力地指示他通知胡格托貝，說今天是星期二，可以幫他動手術了。

「就只還有一年。」路茲聽見貝拉赫凝視著窗外清亮的早晨說：「就只還有一年。」

國家圖書館出版品預行編目資料

法官和他的劊子手/弗里德里希・迪倫馬特著；
趙崇任譯 -- 初版. -- 臺北市：皇冠文化出版有限
公司, 2021.12
面；公分. -- (皇冠叢書;第4991種)(CHOICE;348)
譯自：Der Richter und sein Henker

ISBN 978-957-33-3827-7 (平裝)

882.557　　110018982

皇冠叢書第4991種
CHOICE 348

法官和他的劊子手

Der Richter und sein Henker

作　　者—弗里德里希・迪倫馬特
譯　　者—趙崇任
發 行 人—平　雲
出版發行—皇冠文化出版有限公司
臺北市敦化北路120巷50號
電話◎02-27168888
郵撥帳號◎15261516號
皇冠出版社(香港)有限公司
香港銅鑼灣道180號百樂商業中心
19字樓1903室
電話◎2529-1778　傳真◎2527-0904
總 編 輯—許婷婷
責任編輯—陳思宇
美術設計—葉馥儀、李偉涵
著作完成日期—1952年
初版一刷日期—2021年12月

法律顧問—王惠光律師
有著作權・翻印必究
如有破損或裝訂錯誤，請寄回本社更換
讀者服務傳真專線◎02-27150507
電腦編號◎375348
ISBN◎ 978-957-33-3827-7
Printed in Taiwan
本書定價◎新臺幣280元/港幣93元